suhrkamp nova

Inlineskates an den Füßen, Würgemale am Hals, Kopfhörer in den Ohren. Am Ufer der Ihme in Hannover liegt die Leiche eines jungen Mannes. Ein Fall für die genauso brillante wie schroffe Rita Aitzinger und ihren Kollegen Ilia Schuster von der Mordkommission. Zwischen Oper, Bahnhofskneipe und Burgerladen geraten sie immer tiefer in ein Dickicht aus Verweisen: Popsongs, Datingapp-Profile, mysteriöse Tattoos – sie sind der Schlüssel zur Lösung des Falls, davon ist Rita überzeugt. Oder ist sie in die Schlinge eines Psychokillers geraten? War Sebastian Tamm gar nicht das erste Opfer? Und was hat der schüchterne Streifenpolizist Gerd Lampe damit zu tun?
Die Frau mit den vier Armen erzählt von traurigen Jungs, die das Glück suchen und den Tod finden. Abgründig, voller schräger Figuren und mit Witz zeigt Nolte ein Hannover, das es so noch nie gegeben hat, und erfindet den Niedersachsen Noir. Es geht um Polizeiarbeit, Gerechtigkeit und die Frage, ob man sich am Denken anderer schuldig machen kann.

Jakob Nolte, geboren 1988, wuchs in Barsinghausen am Deister auf. Seine Theaterstücke wurden mehrfach prämiert und an zahlreichen Bühnen Europas gespielt. Sein Debütroman *ALFF* wurde mit dem Kunstpreis Literatur 2016 ausgezeichnet. Sein Roman *Schreckliche Gewalten* war 2017 für den Deutschen Buchpreis nominiert. Er ist Kurator der Website tegelmedia.net und lebt in Berlin.

Jakob Nolte
Die Frau mit den vier Armen

Roman

Suhrkamp

Gefördert durch das Berliner Senatsstipendium. Mit Dank an David Cironi für seine Videos über Autos und Annika Meindl für ihr Wissen über die Polizei. Das Zitat aus dem Roman, den Sebastian Tamm gelesen hat, ist aus Gustave Flauberts *Madame Bovary* in der Übersetzung von René Schickele und Irene Bitterli-Riesen. Die Grafik auf Seite 143 wurde von Johannes Wilke gestaltet.

Klimaneutral
Druckprodukt
ClimatePartner.com/14438-2110-1001

Erste Auflage 2024
suhrkamp taschenbuch 5416
Originalausgabe

Umschlagfoto:
mauritius images/Andrew Paterson/Alamy Stock Photos
Umschlaggestaltung: Designbüro Lübbeke Naumann Thoben, Köln
Druck und Bindung: CPI books GmbH, Leck
Printed in Germany
ISBN 978-3-518-47416-7

www.suhrkamp.de

Die Frau mit den vier Armen

Eins

1

Der Lockruf eines Pirols war zu hören. Drei steigende Töne, die von einem zickzackförmigen Trällern begleitet wurden. Er hielt nach Larven, Insekten und einer Partnerin Ausschau. Später würde er in die Eilenriede weiterziehen, vielleicht in den Süntel, dachte Rita, und seinen Gesang variationsarm wiederholen. Sie saß gegenüber vom Ihme-Zentrum, der halb bewohnten Planstadt an Lindens Grenze zu Hannover. Seit Oktober schwankten die Temperaturen zwischen -15° und 5° Celsius, es regnete und schneite viel. Trotzdem suchte sich Rita jeden Morgen einen Platz auf der Grünfläche, um für ein paar Minuten das Wasser zu betrachten, das gemächlich vom Maschsee Richtung Leine floss.

Sie setzte sich nicht auf die dafür vorgesehenen Mäuerchen, die den Rasen in drei Ebenen unterteilten, sondern auf ihren Mantel. Von zu Hause hatte sie sich einen Kaffee in einem alten Olivenglas mitgenommen. Auch wenn er so schneller abkühlte, konnte sie sich mit der Vorstellung, aus klobigen Thermoskannen oder, schlimmer noch, Pappbechern zu trinken, nicht anfreunden. Aus der Manteltasche holte sie eine Scheibe Bananenbrot und aß sie in wenigen Bissen. Dann klemmte sie sich ihre Füße unter die Knie und schloss die Augen. Sie stellte sich vor, wie jemand einen Drehverschluss über ihrem Scheitel öffnete und Sonnenlicht in ihren Schädel goss. Dabei konzentrierte sie sich auf die Leichtigkeit, die Wärme und die Weite. Das Sonnenlicht stieg von ihren Zehen, den Fußballen, den Knöcheln, der Achillessehne, den Zwillingsmuskeln der Waden, den Schienbeinen und so weiter bis in die Schultern und schwappte dann in ihre Arme, um langsam über ihren Nacken bis zu den Haarwurzeln zu gluckern. Sie hörte den Pirol, das Wasser und fühlte sich ausgeglichen. Morgendliche Gedanken von Ekel und Feindseligkeit waren einer gesteigerten Jetztbereitschaft gewichen.

Auf dem Weg zurück zu ihrer Wohnung fiel ihr ein junger Mann mit Inlineskates auf, der an einen Baum gelehnt dalag. Der Pirol hatte sich auf seine Schulter gesetzt. Sein Gefieder war gelb und schwarz, wie der Körper einer Wespe. Als Rita näher kam, flog der Vogel davon. Bei dieser Kälte im Ihmepark zu schlafen, schien ihr keine gute Idee. Sie kniete sich zu dem jungen Mann.

»Hallo?«, fragte sie.

Er antwortete nicht.

»Hallo?«, fragte sie.

Er blieb ausdruckslos liegen.

Sie hielt ihm den Zeigefinger unter die Nase und wartete ein paar Sekunden. Ein Hauch würde reichen.

»Halt dein Maul«, sagte sie.

Es kam kein Hauch.

2

Bei genauerer Betrachtung waren um den Hals des Toten Blutergüsse zu erkennen, die zu mittelgroßen Händen passten. Die Hämatome wiesen auf Einblutungen in den Halsweichteilen und eine Kehlkopfverletzung hin. Es würden sich petechiale Stauungsblutungen in Augenbindehaut und Mundschleimhaut finden, vermutete Rita. Tod durch Erwürgen. Zwischen seinen Sommersprossen leuchteten bereits grelle rote Pünktchen. Wobei sein Bart den Großteil des Gesichts verdeckte. Von seinen Ohren schlängelten sich Kopf-

hörerkabel über eine gelb-blaue Daunenjacke bis in sein Handy, das er in der Hand hielt. Als Rita sich vorbeugte, fiel ihr auf, dass Musik lief. In ihrem Notizheft hielt sie Uhrzeit, Details der Kleidung und des Körpers fest. Älter als zweiundzwanzig Jahre schätzte sie den Inliner-Fahrer nicht. Sie tippte auf drittes Semester an einer der geisteswissenschaftlichen Fakultäten, wahrscheinlich nicht aus Hannover, aber von nicht allzu weit weg hergezogen. Salzgitter oder Minden. Wobei das Tattoo, das man an seinem Schlüsselbein erahnen konnte, darauf hinwies, dass er in einer größeren Stadt sozialisiert worden war. Es sah eher nach einem Jux aus als nach der Sehnsucht, etwas auf dem eigenen Körper zu verewigen. Nach einer Unbedarftheit, die entstehen konnte, wenn man die Welt etwaigen klimatischen oder politischen Enden geweiht ahnte.
Rita wählte 110.
Es klingelte kurz.
»Polizei Hannover, was kann ich für Sie tun?«
»Rita Aitzinger, wohnhaft Im Töge 2, ich möchte den Fund einer Leiche melden«, sagte sie. »Ein junger Mann um die zwanzig liegt erwürgt an einen Baum gelehnt im Ihmepark, Peter-Fechter-Ufer, wenn Sie von der Wielandstraße aus zum Wasser gehen.«
»Sind Sie vor Ort, Frau –«
»Aitzinger, Kriminalfachinspektion 1.«
»Sind Sie vor Ort, Frau Aitzinger?«
»Schicken Sie einen Streifenwagen und sagen Sie den Kolleginnen Bescheid. KDD braucht nicht kommen.«
»Aber –«
Sie legte auf und startete die Stoppuhr. Nach 97 Sekunden ertönten Polizeisirenen. Unter ihrer Hautoberfläche spürte Rita noch warmes Sonnenlicht.

»Rita, ich bin gerade auf dem Weg in die Waterloo, was –«
Ilia Schuster klang verschlafen.
»Ihmepark. Ich habe eine Leiche gefunden.«
»Was?«
»Ja, ich weiß. Ist jetzt so.«
»Du hast eine Leiche gefunden?«
»Ilia, ja, ich habe eine Leiche gefunden. Was soll ich machen? Peter-Fechter-Ufer, Wielandstraße Richtung Wasser. Wirst uns schon finden.«
»Rita, sorry, ich –«
»Komm mit dem Auto. Tschüss.«
Rita streckte sich und gähnte, wobei ihre hinter dem Kopf verschränkten Finger knackten.
Wieland- Ecke Glockseestraße kam ein Polizeiwagen mit heulendem Martinshorn zum Halt. Zwei Streifenpolizisten stiegen aus und bereiteten rot-weißes Flatterband vor.
»Guten Morgen, Kommissarin Aitzinger«, sagte der eine. Die Polizeimütze war ihm etwas zu groß.
»Bitte was?«, sagte sie.
»Ich –«
»Handschuhe.«
Er wusste nicht, was er machen sollte. Sein Kollege gab ihr ein Paar Einweggummihandschuhe.
Der Körper des jungen Mannes lag unverändert an den Baum gelehnt. Seine Augen waren geschlossen. Das war nicht zwingend der Fall beim Erwürgen. Rita mutmaßte, dass sie ihm erst nach dem Mord zugeklappt worden waren. Sie drehte die vorderste Rolle des linken Inlineskates. Das Kugellager war geräuschlos und verlor nur langsam an Rotation. Nagelneu, ABEC 7 oder 9, dachte sie.
»Hat es gestern Nacht geregnet?«
»Ähm, nein, ich glaube –«, sagte der Polizist mit der zu gro-

ßen Mütze. »Leichter Nieselregen, aber wann, das weiß ich nicht.«
»Haben Sie zufällig einen leistungsfähigen Minicomputer mit stabiler Internetverbindung dabei?«
»Wie, also –«, sagte der Polizist mit der zu großen Mütze.
»Sie meint dein Handy«, sagte sein Kollege. »Bin schon dabei, Frau Kommissarin.«
»Prima«, sagte Rita.
»Leichter Nieselregen zwischen 23 Uhr und 1 Uhr.«
»Wenn Sie so gut wären, den Tatort weitläufig abzusperren.«
»Machen wir.«
Sie wendete sich wieder dem Toten zu. Vorsichtig öffnete sie den Reißverschluss seiner Daunenjacke. In der Innentasche fand sie die Geldbörse einer Surfsportmarke. Man musste einen Druckknopf öffnen, um sie aufzuklappen. Darin waren ein 10-Euro- und ein 5-Euro-Schein, etwas Kleingeld, ein Personalausweis, eine EC-Karte, ein Organspendeausweis, die LeibnizCard der Uni, eine Versichertenkarte der AOK Niedersachsen, eine Stempelkarte für den Burgerladen auf der Limmerstraße, auf dem drei von acht Quadraten abgestempelt waren, das Foto einer Frau, die Rechnung eines Elektrofachhandels für eine externe Festplatte und ein kleiner, billiger Schlüssel. Sie schaute auf das Passbild des Ausweises und verglich es mit dem Gesicht des Toten. Einen Bart hatte er zur Zeit der Ausstellung noch nicht getragen.
»Sebastian Tamm«, sagte Rita, »wer hat dich gekillt?«

3

Ha Liebli und Thorsten Gehlert kamen zugleich mit Ilia Schuster, der einen schwarzen Plastikkoffer dabeihatte. Alle fuhren Volkswagen.

»Aitzinger«, sagte Thorsten Gehlert. Er lächelte. Rita schüttelte Liebli die Hand. Sie schüttelte Gehlert die Hand. Sie lächelte nicht.

»Das Opfer ist ein zweiundzwanzigjähriger Mann namens Sebastian Tamm. Todesursache ist allem Anschein nach Strangulation, aber warten wir, was die Gerichtsmedizin sagt.«

»Weiß die Familie Bescheid?«, fragte Liebli. Man sah ihr an, dass sie gerade erst aufgestanden war. Bei einer Bäckerei hatte sie sich einen Milchkaffee gekauft.

»Nein. Den Informationen im Organspendeausweis nach wohnt er in Hessisch Oldendorf. Wahrscheinlich die Adresse der Eltern.«

»Schön da«, sagte Gehlert und schwang seinen Schal über die Schulter.

»Nicht wirklich, aber yo«, sagte Rita. »Zwischen elf und eins hat es geregnet. Die Kleidung des Opfers ist lediglich klamm. Vermutlich vom Tau. Seine Geldbörse ist noch da, also eher kein Raubüberfall, außer natürlich, er hatte etwas anderes bei sich. Tattoos, Studiengang und Kleidung deuten auf liberale Mittelschicht hin, aber das kann, wie wir wissen, täuschen. Auf seinem Handy läuft ein Song auf Repeat, irgendein Popsong von 2017.« Sie schlug ihr Notizheft auf. »*Never Forget You* von Zara Larsson und MNEK, sagt das jemandem was?«

»Nee«, sagte Ilia nach kurzem Nachdenken.

»Auch nicht«, sagte Liebli.

»Kommt noch mehr Schutzpolizei, oder bleibt es dabei?«, fragte Thorsten die beiden Uniformierten.
»Nur wir zwei, Herr Kommissar. Personalmangel.«
»Dann fangt schon mal an, die Anwohnerinnen zu befragen«, sagte Rita, »Liebli, Gehlert, ich schlage vor, dass ihr das Gleiche macht. Schuster und ich sichern den Tatort.«
»Okay«, sagte Liebli.
»Wollen wir noch darüber reden, warum du schon wieder 'ne Leiche gefunden hast?«, fragte Gehlert Rita.
»Nicht jetzt«, sagte Liebli mit Blick zu ihrem Kollegen.
»Ich habe noch nie eine Leiche gefunden. Und mache den Job ein paar Jahre länger.« Der Schal war ihm wieder auf die Brust gerutscht, aber jetzt ließ er ihn.
»Ich komme jeden Morgen vor der Arbeit her, um aufs Wasser zu schauen. Da ist er mir aufgefallen.«
»Und woher weißt du den Namen?«
»Aus seiner Geldbörse.«
»Also wurde die Leiche bewegt?«
»Der Reißverschluss der Daunenjacke der Leiche wurde bewegt. Kannst gerne Beschwerde einreichen.«
»Warum schaust du jeden Morgen aufs Wasser?«, fragte Gehlert.
»Thorsten«, sagte Liebli.
»Ja, ja«, sagte er.
Liebli und er klärten mit den Uniformierten, wer welche Wohnungen übernahm, und verschwanden.
»Das Ihme-Zentrum nicht vergessen«, rief ihnen Rita hinterher.
»Dann brauchen wir mehr Leute«, sagte der Polizist mit der zu großen Mütze.
»Gerne selbst welche ausbilden«, sagte Rita.
Ilia holte eine Kompaktdigitalkamera aus dem Koffer. Er begann mit der Dokumentation.

»Gute Zähne, ungepflegter Bart, kleine Silberkette«, sagte er, »ein gelbes Sweatshirt mit einer Landkarte und einer Comicfigur darauf.« Rita nahm seinen Bericht mit dem Handy auf. »Er sitzt mit Blick auf das Wasser am Baum. Kein Alkoholgeruch. Kälte und Leblosigkeit haben die Haut blau-weißlich gefärbt.«
»Spuren von Widerstand?«, fragte Rita.
»Fingernägel sind sauber. Keine Schrammen.«
»Was denkst du?«, fragte Rita.
»Es sieht aus, als hätte er einfach so dagesessen.«
»Und?«
»Als hätte er einfach so dagesessen und wäre dann gestorben.«
»Oder jemand hat ihn getötet und hierhergebracht.«
»Was meinst du, was der wiegt? 75 Kilo? 80 Kilo?«
»Vielleicht finden wir Reifenspuren. Irgendwas in Richtung Lastenfahrrad.«
Rita durchsuchte die übrigen Taschen des Opfers. Quittungsbelege, Plastikfolie, eine FFP2-Maske.
»Also hier ist nichts«, rief Ilia, der schon fast am Fluss stand.
»Auch keine Spuren von den Inlinern?«
»Kronkorken, Zigarettenstummel, Durstlöscher.«
»Einpacken.«
Rita betrachtete die Daumen- und Mittelfingerkuppen des Opfers. Keine Nikotinspuren. »Geraucht hat er nicht oder selten. Keine Zigaretten dabei, kein Feuerzeug.« Sie hielt Display und Rückseite seines Handys ins matte Licht der Morgensonne und schaute in die Kartenfächer seines Portemonnaies. »Keine Hinweise auf nasalen Drogenkonsum.«
»Hm«, sagte Ilia, der damit beschäftigt war, Plastiktütchen mit Beweismitteln zu füllen, nachdem er ihre Positionen abfotografiert hatte.

Der Song auf dem Handy lief weiter auf Repeat. Sebastian Tamm hatte eine Rundmail bekommen. Ohne das Telefon zu entsperren, konnte Rita den Betreff und die ersten zwei Sätze lesen. Eine Aufforderung für Solidarität mit ... vom AStA.
»Was ist passiert?«, fragte Rita.
»Streit?«
»Nee.«
»Rache?«
»Nee.«
»Sex?«
»Vielleicht.«
»Liebe?«
»Vielleicht vielleicht«, sagte Rita.
»Wie schaut er denn für dich aus?«, fragte Ilia.
Sie überlegte kurz.
»Friedlich.«

4

Ilia machte einen Schulterblick. Der silberne Passat GTE Variant fuhr an der Autobahnauffahrt Herrenhausen auf die A2 Richtung Dortmund. Rita presste ihre Knie gegen das Handschuhfach. Als Ilia kurz vor Wunstorf-Kolenfeld die 180-km/h-Marke überschritt, lächelte sie.
»Wenn du willst, kann ich das Gespräch übernehmen«, sagte er.
»Besser«, sagte Rita.
Ein kurzer Check der Matrikelnummer hatte ergeben, dass Sebastian Tamm Sozialwissenschaften und Geschichte stu-

diert hatte und in einer WG am Schwarzen Bären gemeldet war.
Seine Eltern wohnten im Keukenhof, einer Y-förmigen Straße im Norden von Hessisch Oldendorf. In zweistöckigen Häusern mit Spitzdach, ausladenden Gärten und einem Schuppen mit Garage lebten hier, wie es schien, Menschen. Sie fuhren Automarken von Chevrolet über Audi, Seat und Daihatsu quer durch alle Preisklassen bis Mercedes. Vor einer Hecke stand ein *Tabakwaren Union*-Zigarettenautomat, dessen dunkelorange-hellorangener Lack sich leicht mit den Klinkerfassaden biss. Heute war der erste Tag seit über zweiundzwanzig Jahren, an dem der älteste Sohn der Familie Tamm nicht mehr lebte. Ilia und Rita klingelten. Es bellte. Ein Mann mit einem Kleinkind auf dem Arm öffnete ihnen die Tür.
»Ja?«, fragte er.
»Das ist meine Kollegin Rita Aitzinger von der Kriminalfachinspektion, mein Name ist Schuster. Dürfen wir kurz reinkommen? Wir müssen Ihnen eine traurige Nachricht überbringen.«
Aus dem Inneren des Hauses kam ein Hund angedackelt.
»Sicher«, sagte der Mann unsicher.
»Sind Sie Herr Tamm?«, fragte Ilia.
»Kommen Sie rein.«
Der Hund wedelte mit dem Schwanz. Rita berührte seine Stirn. Gregor Tamm führte sie ins Wohnzimmer.
»Ist Ihre Frau auch da?«
»Karin arbeitet.«
»Okay«, sagte Ilia.
»Kann ich Ihnen etwas anbieten?«, fragte Herr Tamm.
»Nein, Herr Tamm, wir –«, sagte Ilia.
»Einen Kaffee vielleicht? Wir müssten noch M&M's haben.«

Er stand auf.
»Herr Tamm«, sagte Ilia.
Das Kind in seinen Armen schlief.
»Warten Sie«, sagte er, »ich lege das Kind kurz –« Er eilte in den ersten Stock. Der Hund hatte sich zu Ritas Füßen gesetzt. Sie vermied Ilias Blick und schaute sich um. Ein Bücherregal aus Buche mit verglasten Türen, der Kunstdruck einer herbstlichen Landschaft, vor ihnen ein Couchtisch mit einer Marmorplatte, nicht ohne Stil, vielleicht BoConcept, darauf zwei Kugelschreiber und das Magazin einer Wochenzeitung, auf einer Anrichte Familienfotos, er, sie, Sebastian, das Neugeborene, Hunde, dieser und ein anderer, mutmaßlich bereits verstorbener Hund, Großeltern, eine etwa 40 cm große Druse gefüllt mit irgendeinem Kristall, Bergkristall, Quarz, aber da kannte sich Rita nicht aus. Es roch nach Fell, Windeln und Tee. Als Herr Tamm zurückkam, setzte er sich auf die Lehne des Sessels, dann in den Sessel, überschlug seine Beine, versank in den Polstern, richtete sich wieder auf, machte die Beine breit und legte seine Ellenbogen ab.
»Also«, sagte er.
»Es geht um Sebastian.«
»Ja?« Seine Stimme war in eine nahezu unverständlich hohe Tonlage gebrochen.
Ilia zeigte ihm den Ausweis seines Sohnes. »Ist das Ihr Sohn?«
Herr Tamm nickte.
»Heute früh haben wir seine Leiche im Ihmepark gefunden. Es tut uns aufrichtig leid«, sagte Ilia.
»Mein Beileid, Herr Tamm«, sagte Rita.
Gregor Tamm starrte auf den Couchtisch. Auf dem Cover des Magazins war eine Fotografie der Sonne abgebildet, die von einem NASA-Satelliten aus aufgenommen worden war. Auf der hellorangen, dunkelorangen Oberfläche des Planeten waren Explosionen zu sehen.

»Hat er sich etwas angetan?«, fragte Herr Tamm.
»Ihr Sohn wurde umgebracht«, sagte Rita, »mehr wissen wir noch nicht.«
»Umgebracht?«, fragte Herr Tamm, »meinen Sie«, er suchte nach Worten, dann schaute er Rita an, »ermordet?«
»Davon gehen wir aus, ja.«
»Vielleicht war es gar nicht Sebastian. Ich rufe ihn eben an. Das Missverständnis wird sich schnell klären lassen.«
Aber er bewegte sich nicht.
»Herr Tamm«, sagte Rita.
»Zu diesem Zeitpunkt können wir nicht viel sagen«, fügte Ilia hinzu.
»Wir müssen Ihnen und Ihrer Frau ein paar Fragen stellen«, sagte Rita.
»Jetzt?«, fragte Herr Tamm.
»Ich weiß, dass das sehr schwierig ist«, sagte Ilia.
»Ist das ein Welsh Terrier?«, fragte Rita.
»Lakeland.«
»Hat Ihr Sohn noch ein Zimmer hier?«
»Wie?«
»Ein Zimmer, Ihr Sohn.«
»Nein. Da schläft jetzt der Kleine.«
»Wo hat er übernachtet, wenn er hier geschlafen hat?«
»Seit er ausgezogen ist – meist fährt er zurück nach Hannover.«
»Wann ist er ausgezogen?«
»Vor drei Jahren.«
»Hatte Ihr Sohn Feinde?«
»Was?«, fragte Herr Tamm.
»Entschuldigen Sie die Frage meiner Kollegin, Herr –«
»Hatte Ihr Sohn Feinde?«, fragte Rita.
Herr Tamm rutschte langsam vom Sessel und legte sich auf

den Boden. Dabei rückte der Couchtisch gegen den Hund, der laut zu bellen begann. Rita versuchte ihn im Nacken zu packen und zu bändigen, aber er entkam ihrem Griff und kläffte weiter. Sie beobachtete, wie Speichel von seinen Lefzen spritzte. Herr Tamm schaute zur Decke. Das Kleinkind im ersten Stock schrie.

»Wie heißt Ihr Hund, Herr Tamm?«, fragte Rita.

Er antwortete nicht.

»Wie Ihr Hund heißt.«

»Kasper.«

Rita schaute dem Hund in die Augen. »Aus, Kasper.«

Kasper verstummte.

»Ich muss zu dem Kleinen«, sagte Herr Tamm.

»Müssen Sie nicht«, sagte Rita. Das Kleinkind hatte mit dem Geschrei aufgehört. »Hatte Ihr Sohn Feinde?«

»Nein, was denn für Feinde?«

»Wie viel Geld hatte Ihr Sohn?«

»Wir haben ihm jeden Monat 500 Euro überwiesen. Er hat ein bisschen nebenbei gearbeitet.«

»Wo?«

»Als Statist an der Oper.«

»An der Staatsoper?«

»Ja.«

»Was zum Beispiel?«

»*Das Mädchen mit den Schwefelhölzern.*«

»Lachenmann?«

»Ich weiß nicht, was das bedeutet.«

»So heißt der Komponist.«

»Dann Lachenmann.«

»Ist Sebastian Inliner gefahren?«

»Ja.«

»Und Schlittschuh?«

»Bis er fünfzehn war, hat Sebastian Eishockey gespielt. Als die Trainingszeiten mit der Schule nicht mehr zu vereinbaren waren, ist er ins Fitnessstudio.«
»War Ihr Sohn in einer Beziehung?«
»Nicht, dass ich wüsste.«
Rita zeigte ihm das Foto der jungen Frau aus dem Portemonnaie.
»Wer ist das?«
»Sonja.«
»Sonja?«
»Seine Ex-Freundin.«
»Wo lebt Sonja?«
»Sonja lebt in Hamburg.«
»Wie lange waren sie ein Paar?«
»Etwas über vier Jahre.«
»Wer hat Schluss gemacht?«
»Es hat nicht mehr gepasst.«
»Hat sich Sonja von Sebastian getrennt?«
»Ja.«
»Wie heißt der Kleine?«
»Mats.«
»Ist die Mutter von Mats die Mutter von Sebastian?«
»Wir waren jung, als Sebastian kam. Als er auszog, wollten wir ein zweites Kind.«
»Zu jung?«
»Nein.«
»Wie viel Geld haben Sie?«
»Wir besitzen das Haus und haben Einkommen.«
»Hat Sebastian Mats geliebt?«
»Sehr.«
»Wovor hatte Ihr Sohn Angst, Herr Tamm?«
»Ich weiß es nicht.«

»Vor Ihnen?«
»Nein.«
»Vor Ihrer Frau?«
»Ihm ist häufig kalt. Er ist häufig krank.«
»Hat Ihr Sohn Fleisch gegessen?«
»Nein.«
»Warum hatte er eine Bonuspunktekarte von einem Burgerladen?«
»Wahrscheinlich gibt es eine vegetarische Option.«
»Es gibt keine vegetarischen Burger.«
»Ich glaube schon.«
»Kannten Sie Ihren Sohn?«
»Ja.«
»Was arbeiten Sie?«
»Ich verkaufe Teile von Großindustrie-Schrauben.«
»Und Ihre Frau?«
»Karin arbeitet in der BDH-Klinik, deswegen sind wir hergezogen.«
»Wo haben Sie vorher gewohnt?«
»In Bremen.«
»Wie alt war Sebastian, als sie umgezogen sind?«
»Zwölf.«
»Waren Sie glücklich in Bremen?«
»Ja«, sagte Herr Tamm.
»Und in Hessisch Oldendorf?«
»Auch.«
»Wann nicht?«
»Als es schwer war.«
»Kennen Sie das Lied *Never Forget You* von Zara Larsson und MNEK?«
»Nein.«
»Mochte Ihr Sohn Popmusik oder Oper?«

»Popmusik.«
»Wann war es schwer, Herr Tamm?«
»Lesen Sie Zeitung?«
»Ja.«
»Was soll dann die Frage?«
Herr Tamm schaute, als wäre er gerade aufgewacht.
»Wie war Ihr Name?«, fragte er.
»Aitzinger. Das ist mein Kollege Schuster.«
»Kann ich Ihnen etwas anbieten? Ein Wasser? Kekse?«, fragte Herr Tamm. »Wir müssten noch M&M's haben.«
»Spitze«, sagte Ilia.

5

Zwei Menschen, die Karin Tamm vorher nie gesehen hatte und die ihr nicht wirklich sympathisch waren, erklärten, wie die Vernichtung, die soeben in ihr Leben getreten war, allmählich ablaufen würde. Beerdigung, Presse, Hilfegruppen. Kasper wollte gestreichelt werden. Aber Karin wusste nicht mehr, wie das ging.
»Was haben Sie Ihrem Sohn zu Weihnachten geschenkt, Frau Tamm?«
»Warum fragen Sie?«
»Um mir ein Bild zu machen.«
»Inlineskates.«
»Was hat er Ihnen geschenkt?«, fragte Rita.
»Eine Schüssel«, sagte Frau Tamm.
»Er hatte sie selbst gemacht. Gemeinsam mit einem Freund, der einen Ofen dafür hat«, sagte Herr Tamm.
»Die?«, fragte Rita und zeigte auf ein Regal.
»Nein, eine andere.«

»Kennen Sie den Namen des Freundes?«
»Nein.«
»Es gibt nichts Schlimmeres, als das eigene Kind zu verlieren«, sagte Ilia.
»Warum kennen Sie den Namen nicht?«, fragte Rita. Anstatt eine Träne wegzuwischen, schlug Frau Tamm sich ins Gesicht. Ungläubig betrachtete sie ihre Hand. Warum trug sie türkisen Nagellack?
Ilia zog eine Karte aus der Brusttasche seines Hemdes. »Egal was ist, rufen Sie an.«

6

Die Polizeidirektion Hannover in der Waterloostraße 9 war zum Großteil aus Steinen zusammengesetzt. Diese waren zu einem Kasten geformt. In den Kasten waren Löcher eingelassen, sogenannte Fenster, und weil sie aus einem durchsichtigen Material aus Quarzsand, Kalk und Soda bestanden, konnte man durch sie durchgucken. Außerdem boten sie die Möglichkeit, frische Luft reinzulassen, denn man konnte die Fenster öffnen und schließen. Das passierte mehrmals täglich. Musste sogar passieren, sonst wurden die Polizisten und Polizistinnen müde. Befanden sie sich in Räumen, wurde die Luft darin nach einer Weile schlecht. Das Innere des Gebäudes bestand aus Wänden und Türen, die Zimmer abteilten, in denen verschieden hohe Ebenen eingezogen waren. Einige dieser Ebenen waren Tische, andere Stühle oder Regale. An den Decken waren Lampen. Das Licht, das sie spendeten, war weiß. Auf den Tischen standen Monitore und Tastaturen. Unter den Tischen waren Computer. Auch

Mäuse befanden sich auf den Tischen. So nannte man die Plastikhalbkugeln, mit denen die Computer bedient wurden. Die Monitore bestanden auch aus Lampen, aber aus tausenden winzig kleinen Lampen, die rot, blau und grün leuchten konnten und dadurch in der Lage waren, alles darzustellen, was sichtbar war. Niemand wusste, warum die Computer dazu in der Lage waren, alles darzustellen, was sichtbar war. Während einige noch verstanden, wie Elektrizität zu Licht werden konnte, hörte die Vorstellungskraft hier auf. Also wie sich Elektrizität in einen unendlichen Möglichkeitsraum des optisch Wahrnehmbaren verwandelte. Ähnlich wenig wie über Computer wusste man über den Planeten Erde. Zwar war ungefähr bekannt, wie seine Kruste aussah, aber viel mehr auch nicht. Die meisten dachten, dass irgendwo unter ihnen Magma wäre, also eine gigantische Masse an flüssigem Stein, aber das stimmte nur halb. Der Erdkern bestand aus Eisen und Nickel und war hart. Nur um ihn herum war es ein bisschen flüssig. Übrigens bestand das Magma wie das Glas zum Großteil aus Quarz. Ähnlich wenig wie über das Innere der Erde wussten die Menschen über die Menschen. Zwar war ungefähr bekannt, wie ihre Oberflächen aussahen, also ihre Körper, aber bei ihren Seelen wurde es kniffelig. Nicht mal darüber, ob es diese Seelen wirklich gab, konnte man sich einig werden. Die meisten dachten, dass in ihrem Kern ein Ich wäre. Also eine feste Masse an Sein, die den Charakter ausmachte. Drum herum gab es die Gedanken. Die waren flüssig. Dann kam die Kruste. Das waren die Zeichen, die man von sich gab. So was wie Bewegungen und Wörter oder was für eine Hose man trug. Es konnte aber auch sein, dass Menschen keine Seelen hatten. Das war, wenn man ehrlich war, wahrscheinlicher. Jacken hingen an Haken oder lagen über den Lehnen der Stühle. Häufige Geräusche waren

Kaffee, Telefon, Husten, Umfallen, mit der Hand über den Teppichboden fahren, Schnäuzen, Anschnauzen, jemandem etwas erklären, Handyspiele, bei denen man Geld gewinnen konnte, etwas runterschlucken, die Mechanik des Fenstergriffs, draußen eine Amsel, draußen ein Lastwagen, das Schmotzen des Seifenspenders, die Spülung, zwei Männer, die mit hohler Hand einschlugen, den Knick eines DIN-A4-Blatts mit Daumen und Mittelfinger nachziehen. Bilder hingen an den Wänden. Zum Beispiel die von gesuchten Verbrechern. Verbrecherinnen gab es momentan keine. In den Küchen konnte man kochen. Dazu nahm man Lebensmittel aus dem Kühlschrank und tat sie in heiße Töpfe auf dem Herd. Waren die Lebensmittel warm, tat man sie auf Teller und dann in sich rein. Ließ man einen Teller, von dem gegessen wurde, stehen, galt das als Angriff auf die Gemeinschaft und führte zu Wutausbrüchen. Wobei diejenigen, die mehr Geld im Monat für ihre im Gebäude verbrachte Zeit bekamen, weniger hart für das Stehenlassen von Geschirr beschimpft wurden. Der Besitz von Geld war eine der sieben Komponenten, von denen die Menschen hofften, dass sie dazu in der Lage wären, ihrem rätselhaften Inneren einen Wert zuzuordnen. In Wirklichkeit hatten die Menschen natürlich keine Werte, sondern Maße. Zum Beispiel hatten sie verschiedene Organe, um zu pinkeln. Entweder ein pummeliges, wo der Urin aus der Spitze kam, oder ein pummeliges, wo der Urin aus dem Schaft kam. Je nachdem, welches man besaß, wurde man Polizist oder Polizistin genannt. Diese linguistische Haurucklösung führte jedoch zu Ärger. Denn es gab Menschen, die Angst davor hatten, dass ihre Sprache kaputtging, wenn man Polizistinnen nicht Polizisten nannte. Andere wiederum glaubten, dass man ihre Würde kaputt machte, wenn man Polizistinnen nicht Polizistinnen nannte. Beide lagen falsch. Wörter sind harmlos. Und Würde hatten die Menschen nicht. Nur einen Hauch Grazie.

7

In einem Neubau, an das Gebäude angeschlossen, saß die Kriminalfachinspektion 1, die für Straftaten gegen das Leben zuständig war. Als Rita und Ilia aus Hessisch Oldendorf zurückkamen, warteten im Besprechungsraum bereits Thorsten Gehlert und Ha Liebli, die Teil der für den Fall Sebastian Tamm ins Leben gerufenen Mordkommission waren. Auch anwesend und mit den beiden in ein Gespräch verwickelt war Staatsanwalt Kai Beller. Er trug einen nachtgrünen Zweireiher aus aufgerauter Baumwolle mit kaum merklich ins Knoblauchrosa gehenden Knöpfen, darunter ein ecrufarbenes Hemd und eine Krawatte im Paisleymuster. Rita tippte auf Brioni oder Kiton.
»Schöne Krawatte«, sagte sie.
»Grauer Pullover«, sagte er, wobei sich Rita nicht sicher war, ob das ein Lob war. Sie trug den Pullover häufig.
Im Folgenden erklärte er, dass sie die Mordkommission leiten würde und welche Aufgaben es zu erledigen gebe. Einen Antrag zur Einsicht von Konto- und Handydaten hatte er bereits eingereicht. Sebastian Tamm lag in einem Fach der Forensischen Pathologie auf Ebene H der Medizinischen Hochschule Hannover, dort könne man aber erst morgen mit Ergebnissen rechnen. Außerdem müsse die Leiche noch identifiziert werden, wozu mit den Tamms bereits ein Termin ausgemacht worden war. Aber zunächst waren die

Hausbefragungen von Priorität. Dazu stünden Ha Liebli und Thorsten Gehlert zwei Schutzpolizisten zur Verfügung, dieselben, die ihnen schon am Morgen geholfen hatten. Ihre Namen wusste er nicht aus dem Kopf, weshalb er sie aus einer Mail raussuchte: Lampe und Törtz. Gehlert brachte seine Verstimmung durch Frotzeleien zum Ausdruck. Lieblis Laune war schwerer einzuschätzen. Bisher war bei den Befragungen noch wenig Stichhaltiges rausgekommen, erklärte sie. Niemand hatte etwas gesehen. Rita beharrte darauf, dass man auch im Ihme-Zentrum nach Zeuginnen suchen müsste. Alle wussten, was für einen Mehraufwand das bedeutete und wie es um ihre Kapazitäten stand. Also natürlich habe es Leute gegeben, fügte Liebli hinzu, die etwas gesehen hätten, wie jemand am Ihmeufer entlangläuft und so weiter, aber keine Inliner. Rita erzählte, dass sie ein Geschenk der Eltern gewesen waren. Sie redeten über das Ehepaar Tamm und ob es für die Tat in Frage käme. Ilia und Rita verneinten, wobei Rita meinte, dass sie den Haushalt zerschossen fände, eine Vokabel, die Ilia zu ausdrucksstark erschien. Daraufhin sagte Rita, dass sie sich eigentlich schon vorstellen könnte, dass die Tamms zu einem Mord in der Lage wären. Immerhin hätten sie ein Kind ohne Liebe großgezogen und sich danach dafür entschieden, ein zweites in die Welt zu setzen, was ihrer Meinung nach moralisch ähnlich verwerflich war. Ilia teilte die Ansicht seiner Kollegin nicht. Er beschrieb die beiden als bestürzt, vor allem den Vater, und sprach die Hoffnung aus, dass sie nach Abschluss der Ermittlungen mit der Heilung beginnen könnten. Beller gab an, dass Fatma de Jong von der HAZ bereits nach einer Stellungnahme gefragt habe; nicht gerade zur Freude der Anwesenden. Wobei dazugesagt werden muss, dass alle die Presse und damit einhergehend die Vorstellung von einer Vierten Gewalt mehr oder weniger hassten. Der Fall sei, das betonte Beller, brisant. Ein Toter inmitten der Stadt, das würde nur schwer an der Öffentlichkeit vorbei zu ermitteln sein.

»Wir sollten mit der Ex starten«, sagte Rita, »die Fotografie im Portemonnaie. Hamburg. Sonja Dolche, wohnhaft auf der Veddel.«

»Es wird Frühling«, sagte Ilia. Er hatte gerade von einem Apfel abgebissen und schaute in den Himmel. Der Wind riss ein blaues Loch in die Wolkendecke.

»Falls ihr wollt, können wir auch noch gemeinsam was essen. Ich habe eine Lasagne im Ofen«, sagte Liebli.

»Wir hatten M&M's«, sagte Ilia.

»Welche Farbe?«, fragte Beller.

»Rot, grün und blau«, sagte Ilia.

»Ich liebe M&M's«, sagte Liebli.

»Heute Abend auf ein paar Bier?«, fragte Gehlert.

»Wo denn?«, fragte Beller.

»*Bei Elena*«, sagte Gehlert.

»Vielleicht«, sagte Beller.

Gehlert nickte langsam und starrte auf die Uhr an Bellers Handgelenk. Beller schaute auf seinen Kaffeebecher, ein gelbes Ungetüm mit der Aufschrift FBI. Ilia stellte fest, dass das Blau am Himmel an Territorium gewann. Liebli erstellte eine Messaging-App-Gruppe, in die sie die Beteiligten der MoKo einlud.

»Keine privaten Gespräche oder lustigen Bilder«, sagte sie.

»Und um Gottes willen nichts Politisches«, sagte Beller.

Rita betrachtete ihre Hände. Sie spannte sie zu Klauen an. Dann entspannte sie sie wieder. Nach einer Viertelstunde hörte man aus dem Nebenraum ein Klingeln.

»Das muss die Lasagne sein«, sagte Liebli.

8

Ilia und Rita fuhren über die Benno-Ohnesorg-Brücke zum Schwarzen Bären. Sebastians Meldeadresse war in einer WG drei Stockwerke über *Happy Döner*, einem Laden, der vor allem bei Jugendlichen beliebt war. Rita hatte hier mal eine Pommes gegessen. Sie war lecker gewesen. Über die Eingangstür aus Kunststoff und Drahtglasfenstern hatte jemand mit rotem Lackmarker *boys beware of the helicopter* geschrieben. An den Klingelschildern standen über fünfzig Namen, einer davon war Tamm.

Rita klingelte. Rauschen, dann fragte jemand, wer dort sei. Sie sagte ihren Namen und nannte ihren Beruf. Ein Summen ertönte. Sie gingen die Treppe hoch.

»Was kann ich für Sie tun?«, fragte der junge Mann im Türrahmen.

»Tillmann, Schober, Hüske oder Kivu?«, fragte Ilia.

»Tillmann.«

»Christian Tillmann?«

»Christian Harald Tillmann, Sie können mich C.H. nennen.«

»Herr Tillmann, das ist meine Kollegin Rita Aitzinger von der Kriminalpolizei, mein Name ist Ilia Schuster. Dürfen wir kurz reinkommen? Wir müssen Ihnen eine traurige Nachricht überbringen.«

»Worum geht es denn?« Noch öffnete er die Tür nicht.

»Wohnt Sebastian Tamm hier?«, fragte Rita.

»Sebi, ja«, sagte C.H.

»Können wir kurz reinkommen?«, fragte Ilia.

»Okay«, sagte C.H.

Verschrammtes Laminat, Skatedecks, eine Art Schuhregal mit Schlappen. Eingerissene Raufasertapete. Poster von Filmen, Konzerten und Opern-Inszenierungen. Ein Drache aus alten Pizzakartons, auch an den obligatorischen Kisten voller Leergut fehlte es nicht. Mit Ausnahme der Elektronikgeräte, mutmaßte Rita, würde sich in der gesamten WG nichts finden lassen, das mehr als 30 Euro Wiederverkaufswert hatte. Ilia starrte sic an. C. H. starrte sie an.

»Ob wir uns setzen wollen«, fragte er.

»Ja«, sagte Rita.

In der Küche lag grüner Teppichboden, was, wie die Zeit bewiesen hatte, eine fragwürdige Entscheidung gewesen war. Selbst Kühlschrank und Herd waren so abgerockt, dass sie in dem Moment Schrott sein würden, wenn der oder die Letzte die WG verließ. Was nicht hieß, dass die Wohnung keinen Charme hatte. Geschmack und Geld bedingten sich nur bedingt. Eine Uhr in Form eines Delfins, selbstgebaute Stühle und etliche spezifische Zutaten im Gewürzregal, das früher mal ein CD-Ständer gewesen sein musste, etwa eine Schachtel mit Sternanis oder ein Säckchen mit getrockneten Steinpilzen, zeugten von Raffinesse. Auch die Musik, die über eine Bluetooth-Box lief, die aussah wie eine aufgeschnittene Melone und in der Holzschale für Obst und Gemüse lag, stimmte Rita wohlgesinnt.

»Kann ich Ihnen einen Kaffee anbieten?«, fragte C. H. Neben einem Reiskocher standen eine alte Kaffeemühle von Braun und ein Espressokocher.

»Nein«, sagte Rita.

»Es geht um Ihren Mitbewohner Sebastian Tamm. Wir müssen Ihnen leider mitteilen, dass er heute Morgen tot im Ihmepark aufgefunden wurde.«

C. H. war gerade dabei, den Klebestreifen eines Blättchens anzulecken, und schaute sie mit ausgestreckter Zunge an.

»Was«, lispelte er, hustete und blies sich den Tabak in den Mund, was den Husten noch verstärkte. Ilia stand auf und legte ihm die Hand auf die Schulter.

»Tot, Sebi, Sebi, tot?«, fragte C.H.
»Waren Sie mit dem Verstorbenen befreundet?«, fragte Rita.
»Ja«, sagte er, »klar. Was ist denn passiert? Was heißt tot aufgefunden? Sebi?«
»Wir haben Grund zur Annahme, dass er ermordet wurde.«
»Ermordet? Sebi? Ermordet?«
»Leider, ja.«
»Fuck«, sagte C.H., »fuck.« Sein Husten verstärkte sich. »Ich glaube, ich habe Tabak eingeatmet.« Er krächzte. »Tot? Sebi?« Er würgte. »Entschuldigen Sie, ent-« C.H. hastete ins Bad, wo er mit dem Erbrechen kämpfte.
Auf dem Tisch lag eine längs gefaltete Postkarte. Rita wies Ilia mit dem Zeigefinger darauf hin und stellte pantomimisch das kurze, wiederholte Ziehen an einem Joint nach. Als sich C.H. wieder zu ihnen setzte, erkundigte sich Rita nach dem Graskonsum in der WG.
»Sind Sie nicht von der Polizei?«, fragte er.
»Von der Kriminalpolizei. Uns ist es egal, ob Sie kiffen.«
»Klara, manchmal.«
»Und Sebastian?«, fragte Rita.
»Manchmal.«
»Andere Drogen?«
»Nee.«
»Wirklich, es ist uns egal.«
»Nee.«
»Wirklich, es ist uns egal.«
»Keine anderen Drogen.«
»Wirklich, es ist uns egal.«
»Kokain, MDMA und Pepp. Manchmal.«
»Manchmal im Sinne von?«
»Einmal im Monat.«
»Okay.«

»Benzos?«
»Was ist das?«
»Opiate?«
»Nee.«
»Ist Ihnen in den letzten Wochen etwas Eigenartiges an dem Verhalten von Ihrem Mitbewohner aufgefallen?«, fragte Rita.
»Der Winter war rough. Aber sonst, ich glaube nicht.«
»Was heißt das, rough?«
»Das ist ein englisches Wort. Es bedeutet so was Ähnliches wie hart.«
»Also es ging ihm nicht gut.«
»Ich kenne niemanden, dem es gut ging.«
»Sagt Ihnen *Never Forget You* von Zara Larsson und MNEK was?«
»Nein.«
»Das hat der Verstorbene gehört, als er umgebracht wurde.«
»Wie wurde er eigentlich«, C.H. stockte, »umgebracht?«
»Man hat ihn erwürgt.«
»Und wann?«
»War Sebastian gestern Abend zu Hause?«
»Ich habe bei meiner Freundin übernachtet.«
»Haben Sie 'ne Ahnung, was Sebastian gestern gemacht hat?«
»Ich glaube, er war in seinem Zimmer. Oder vielleicht war er auch nicht in seinem Zimmer. Er konnte sehr für sich sein.«
»War es üblich, dass Sie ihn ein paar Tage nicht zu Gesicht bekommen?«
»Manchmal.«
»Wann haben Sie ihn denn das letzte Mal gesehen?«
»Am Sonntag?«
»Was hat er für einen Eindruck auf Sie gemacht?«
»Keine Ahnung. Ich war verkatert.«
»Sie haben ihn also nicht gefragt, wie sein Wochenende war,

ob Sie ihm einen Schokoriegel von der Trinkhalle mitbringen sollen?«
»Nein. Nur Hi-Hi.«
»Mochten Sie ihn?«
»Voll.«
»Was mochten Sie an ihm?«
»Er war der netteste Mensch, den ich je kennengelernt habe.«
»War Klara gestern zu Hause?«
»Bin ich mir nicht sicher.«
»Wie high sind Sie?«
»Klara war bei ihrem Freund.«
»Der kann uns das bestätigen?«
»Wahrscheinlich.«
»Warum stehen am Klingelschild eigentlich fünf Namen?«, fragte Ilia.
»Hier ist noch jemand gemeldet, der Stress mit der Wohnungssuche hatte. Wegen der Briefe von der Versicherung und so.«
»Schober, Hüske oder Kivu?«
»Klara ist Hüske. Schober ist Tim. Kivu ist Fenja. Fenja ist aber schon lange weg.«
»Und Tim Schober?«
»Die Semesterferien über in Berlin. Bei seiner Freundin.«
»Wollen Sie das Lied mal hören?«, fragte Rita.
»Ja«, sagte C.H. und holte sein Handy raus. »*Never Forget You*?«
»Genau.«
»Von Zara Larsson und MNEK?«
»Das ist es.«
Sie hörten sich das Lied an.
»Doch, das kenne ich«, sagte C.H.
»Wie finden Sie das Lied?«, fragte Rita.

»Schlimm.«
»Was meinen Sie, wann wir mit Frau Hüske reden können?«
»Morgen. Soll ich ihr Bescheid geben?«
»Ja. Sagen Sie ihr, dass sie sich bei mir melden soll.«
Außerdem wollten sich die beiden Sebastians Zimmer anschauen.
»Sicher«, sagte C.H. und brachte sie in den Raum gegenüber der Eingangstür. Weder Ilia noch Rita hatten so etwas je gesehen, aber das Zimmer hatte kein Fenster. Es war weitestgehend aufgeräumt. Nur eine Jogginghose lag wie eine Steckdose neben dem Bett, das mit seinen 140 × 200 cm den Großteil der Wohnfläche einnahm. Ein Schrank, ein Tisch, ein Stuhl, ein Teppich. An der Wand hing ein Gemälde, auf dem in expressionistischer Manier ein Fabergé-Ei dargestellt war. Ob das mehr als 30 Euro wert war? Auf Sebastians Tisch fanden sie ein mit einem kleinen Schloss versehenes Notizbuch. Rita zog sich Gummihandschuhe an, nahm den Schlüssel aus Sebastians Portemonnaie und steckte ihn ins Schloss. Die drei schauten sich an. Sie drehte den Schlüssel um 360 Grad, es klackte. Ilia nickte anerkennend. In dem Buch stand auf der ersten Seite in Versalien *Le Printemps*. Rita blätterte durch die Zeichnungen: eine Friedenstaube, ein alkoholfreies Bier mit einer Blume drin, Avocados, eine Landschaft aus Wolken, ein Gesicht, das in hundert Händen ruhte, ein kleiner Hund. Je weiter sie vorblätterte, desto abstrakter wurden die Zeichnungen. Krakelige Umrisse mit lächelnden Gesichtern aus zwei Punkten und einem Strich, hilflose Fratzen, Feuer, Formen in Farben, eine schlafende Frau mit einer Krone, ein gelbes Fieber, lachende Pharmazeutika, auf denen groß 100 mg stand, eine Sonne, eine Pauke, eine Trompete.
»Ging Sebastian zur Therapie?«, fragte Rita.
»Nein, warum?«

Ilia machte Fotos von den Zeichnungen.
»Hat er das selbst gemalt?«, fragte Rita mit Blick auf das Bild an der Wand.
»Ja«, antwortete C.H.
Dann war es mindestens 30 Euro wert, fand sie. Ansonsten war in dem Zimmer nicht viel von Belang, ein paar Kondome, Bücher, Klamotten und Unterlagen.
Sie ließen sich unterschreiben, das Notizbuch und den Rechner mitgenommen zu haben, und versiegelten Sebastians Zimmer mit einem Klebezettel, den sie gegen Türrahmen und Tür drückten.
»Wir melden uns, Herr Tillmann, vielen Dank«, sagte Ilia und gab ihm seine Karte. »Falls was ist.«
»Eine Sache«, sagte C.H.
»Ja?«, sagte Rita.
»Vielleicht hat das mit alldem nichts zu tun. Aber –«, er machte eine Pause, als wäre das die einzige Möglichkeit, die Aufmerksamkeit der Ermittelnden zu bekommen, »vor anderthalb Monaten bat mich Sebastian, ihm 1000 Euro zu leihen.«
»Wofür?«, fragte Rita.
»Hat er nicht gesagt.«
»Haben Sie ihm das Geld gegeben?«
»Ja.«
»Und Sie fragen sich, ob Sie es zurückbekommen?«
»Darum geht es nicht«, sagte C.H.
»Nein, aber das ist hilfreich, danke«, sagte Ilia.
»Würden Sie wegen 1000 Euro jemanden umbringen?«, fragte Rita.
»Auf keinen Fall«, sagte C.H.

9

Ilia und Rita saßen auf Klappstühlen vor dem Kofferraum des Passats. Auch wenn Ilia zu Mittag lieber auswärts aß, beim Franzosen oder im iranischen Supermarkt zum Beispiel, hatten sie sich darauf geeinigt, das bloß einmal pro Woche zu tun. Rita bevorzugte es, sich etwas in Tupperdosen mitzubringen. Gesunde Ernährung und nachhaltige Landwirtschaft waren ihr wichtig. Gerade als Polizistin sollte es selbstverständlich sein, das Leben in allen nur erdenklichen Bereichen einem Imperativ der Moral und Gerechtigkeit zu unterwerfen. Dementsprechend ausbeuterische Arbeitsverhältnisse nicht zu unterstützen, die im Billiglohnsektor der Agrarwirtschaft die Norm waren, und das Klima nicht unnötig durch Fleischzucht oder Transportwege zu belasten. Auf Ilias Argument, dass es für die Umwelt besser wäre, wenn Menschen früher sterben würden, rechnete Rita ihm haarklein auf, wie die CO_2-Bilanz einer vegetarischen Rentnerin im Vergleich zu der eines carnivoren Rentners ausfallen würde, und warum das also Schwachsinn sei, ja, und was ihm überhaupt einfallen würde, sich einer derartigen Misanthropie hinzugeben.

Obwohl Ernährung für Rita ein wichtiges Thema war, mit dem sie sich theoretisch gut auskannte, war sie eine miserable Köchin. Sie kaufte im Biomarkt ein, hatte sich via Kleinanzeigen hochwertige Messer, Pfannen und Töpfe besorgt und besaß eine kleine Bibliothek ausgewählter Kochbücher, deren Rezepte sie akribisch zu befolgen versuchte, doch misslangen sie ihr. Irgendwas war zu salzig oder zu mehlig oder zu durch oder schlicht zu fad. Es war banal, aber sie konnte nicht würzen. Wohingegen Ilia, der sich meistens einfach ein Sandwich machte oder Reste mitnahm, weniger klagte.

Während er also ein Baguetteschiffchen in die Zwiebelsuppe vom Vortag tunkte, versuchte Rita ein Wirsingblatt zu zerkauen, das sie nicht vorgekocht, sondern direkt in die Pfanne geworfen hatte.
»Das Handy in Sebastian Tamms Hand.«
»Ja?«, fragte Rita.
»Denkst du nicht auch, dass das vielleicht –«
»Lass uns keine voreiligen Schlüsse ziehen.«
»So voreilig finde ich das nicht.«
»Lust, zu tauschen?« Sie hielt ihm ihre Tupperdose hin.
»Nee«, sagte er, »lass mal.«
»Das ist ein Rezept aus dem ANGST.«
Das ANGST war das einzige Hannoveraner Restaurant, das je drei Michelin-Sterne bekommen hatte, wenn auch nur für wenige tragische Wochen.
»Trotzdem.«

10

Wie jeden Tag regnete es in Hamburg. Als der Passat auf der A7 an der Ausfahrt Lüneburg vorbeifuhr, wurden die Wolkenmassen dunkler. Von den blauen Löchern, die sich über Niedersachsen gezeigt hatten, war keines in Sicht. Der Horizont hinter Seevetal hing lila. Verhasstes Hamburg, dachte Rita. Das ewige Nieseln, das im Winter von Schneeregen und im Sommer von Hagel unterbrochen wurde, hatte alle Oberflächen porös gemacht, jeden Lack vergilbt. Das Navigationssystem leitete sie stumm über die A1 an Wilhelmsburg vorbei, einem Stadtteil, den Industrie, Elend und Erstis fest im Griff hatten. Sonja Dolche wohnte in einer Einzimmerwohnung mit Blick auf die S-Bahn-Gleise, direkt über einem chinesischen Imbiss, der *Asia Box* hieß. Davor standen zwei Männer in Wachsmänteln. Sie tranken Bier aus Bierflaschen und stocherten mit Plastikgabeln in Bratnudeln herum. Auf einer Klingel stand Dolche. In der zweiten Etage machte ihnen eine Frau die Tür auf.

»Sonja Dolche?«

»Ja?«

»Polizei Hannover.«

»Hannover?«

»Ja.«

»Kaffee?«

»Nein.«

Die drei setzten sich um den fünfeckigen Küchentisch, und Rita und Ilia teilten Sonja mit, dass ihr Ex-Freund ermordet worden war.

»Ich bin unglaublich müde«, sagte sie nach einer Weile.

»Gestern Nacht zu wenig geschlafen?«, fragte Ilia.

Sonja schaute ihn an. Ihre Hände zitterten.

»Sicher, dass Sie keinen Kaffee möchten?«, fragte sie.

»Warum nicht«, sagte Rita.

Sonja ging zur Filterkaffeemaschine, füllte drei Becher und stellte sie in eine Mikrowelle. Auf Knopfdruck begannen die Strahlen im Innern des Geräts, die Wassermoleküle des Getränks zu drehen, sodass der Kaffee warm wurde.

»Was studieren Sie, Frau Dolche?«, fragte Rita.

»Design«, sagte sie.

»Würden Sie sagen, dass Sebastian ambitioniert war?«

»Wie meinen Sie das?«, fragte sie.

»Wir haben einen Skizzenblock von ihm gefunden. Er war Statist an der Oper. Künstlerisch ambitioniert.«

»Als ich ihn kennengelernt habe, hat er Klavier gespielt. Chopin, Schubert, die Tonleiter. Aber talentiert?«

»Warum haben Sie sich getrennt?«
»Sebastian und ich waren elektrisch unausgewogen«, sagte sie, nachdem es Pling gemacht hatte.
»Wie meinen Sie das?«
Sie stellte den beiden eine Tasse hin. »Wir haben uns bewegt. Hitze entstand. Es war schön. Aber dann bin ich nach Hamburg. Und plötzlich war jedes Wort, das er sagte, langweilig.«
»Guter Kaffee«, sagte Ilia. Auch Rita schmeckte er.
»Danke«, sagte Sonja Dolche, »der Trick ist, ihn mit Liebe zuzubereiten.«
»Sind Sie in einer Beziehung?«, fragte Rita.
»Ja.«
»Und mit der haben Sie gestern die Nacht verbracht?«, fragte Rita.
»Ja.«
»Sebastian hatte ein Foto von Ihnen in seinem Portemonnaie«, sagte Ilia.
»Sebastian war sehr«, sie überlegte kurz, »oder konnte sehr –«
»Obsessiv sein?«, fragte Rita.
»Melancholisch«, sagte Sonja.
»Hatten Sie Kontakt?«
»Wir haben ab und an telefoniert. Unsere Eltern kennen sich länger als wir. Wer hat ihn umgebracht?«
»Woher wissen Sie, dass er umgebracht wurde?«, fragte Ilia.
»Sie haben mir erzählt, dass er erwürgt wurde.«
»Richtig«, sagte Ilia.
»Es ist schwer, sich das vorzustellen«, sagte Sonja Dolche, »einen Mord.«
»Ja.«
»Das heißt«, wieder musste sie nachdenken, »das heißt heute Morgen, als ich aufgewacht bin, und geduscht habe, und

ein Brot gegessen, und pinkeln musste, da gab es ihn nicht mehr?«

»Ja.«

»Das ist gemein«, sagte sie, »ermordet zu werden.«

»Ist Sebastian Inliner gefahren?«, fragte Rita.

Sonja Dolche musste lächeln und schaute sie an. »Er hatte sich vorgenommen, das im Frühling häufiger zu machen. Als Jugendlicher hat er Eishockey gespielt, aber in der zweiten Mannschaft. Er hat häufig davon geträumt. Von der Umkleidekabine und den Demütigungen, den ganzen kleinen Demütigungen«, sagte sie.

»Wovon träumen Sie?«, fragte Ilia.

»Ich glaube, er dachte, dass er in nichts richtig gut war, oder in nichts richtig gut werden könnte. In der Schule, im Studium, der Liebe. Dabei ist das Quatsch.«

»Was?«

»Kennen Sie das, wenn einem eine Kleinigkeit misslingt, sagen wir, man verbrennt ein Spiegelei, und dann meint, dass dieses Spiegelei das Leben ist, was einem verbrennt?«

»Nein«, sagte Rita.

»Sebastian war so.«

»*Never Forget You* von Zara Larsson und MNEK, sagt Ihnen das was?«

»Ist das ein Lied? Ich glaube nicht.«

»Hat Sebastian seine Eltern gehasst?«, fragte Ilia.

»Ja und nein. Er wusste nicht, wie viel Nähe und Abstand er zu ihnen brauchte. Das muss er noch lernen. Das hätte er noch lernen müssen.«

»Haben Sie ihn umgebracht?«, fragte Rita.

»Nein.«

»Und Ihr Freund?«

Sonja überlegte. »Ich glaube nicht.«

»Hat Sebastian Sie belagert?«
»Ein Mal.«
»Was ist passiert?«
»Nichts. Wir haben einen Kaffee getrunken.«
»Wozu brauchte er tausend Euro?«
»Vielleicht für einen neuen Laptop.«
»Was war mit dem alten?«
»Ich weiß nicht, wozu er tausend Euro brauchte.«
»Was hat Sebastian den ganzen Tag gemacht?«
»Serien geschaut. Musik gehört. Gelernt.«
Plötzlich hörten sie von draußen Lärm. Eine Autoanlage, dachte Rita.
»Wir sollten los«, sagte sie.
»Falls was ist, meine Karte«, sagte Ilia.
»Soll ich noch mal auf die Station kommen?«, fragte Sonja.
»Wir melden uns.«
Als sie vors Haus traten, sahen sie, dass die Fahrertür des Passats offen stand. Der Lautstärkeregler des Radios war voll aufgedreht, die beiden Männer in den Wachsmänteln verschwunden. Sechs Uhr, die Nachrichten.
»Hast du die Tür nicht zugemacht?«, fragte Rita.
»Doch«, sagte Ilia, »das Auto war abgeschlossen.«
»Hannover!«, rief einer der Nachbarn mit Blick auf das Nummernschild.
Rita und Ilia eilten zum Passat. Durchnässt versuchten sie, die Anlage auszuschalten. Es war die Rede von Panzern und Geldern und Gruben und Toten. Nicht mal den Ton bekamen sie leiser. Es war die Rede von Folterungen und Stürmen. Jeder S-Laut schmerzte. Flitzerblitzer und das Wetter.
»Fuck fuck fuck«, sagte Rita, während sie mit der einen Hand ihre Ohren schützte und mit der anderen auf Knöpfe drückte, »warum geht das nicht?«

Als die Werbung begann, schob Ilia seinen Sitz nach hinten und stiefelte so lange ins Radio, bis Stille eintrat.
»Entschuldigung«, sagte er.
»Danke«, sagte Rita.
Sonja Dolche klopfte an die Scheibe der Fahrerseite. Ilia erschreckte sich, ihr Gesicht war von einem gelben Regenschirm umrahmt. Er ließ das Fenster runter.
»Sebastian hatte ein Problem mit Sex.«
»Inwiefern?«, fragte er.
»Wir hatten keinen.«
»Warum?«
»Passen Sie auf sich auf, Kommissar Schuster.«

11

Thorsten Gehlert saß mit Kollegen am Tresen von *Bei Elena*. Er schaute auf sein Handy, Kai Beller schrieb, dass er es nicht schaffen würde. Thorstens Frau hatte ihm auf seine lange, etwas umständliche Nachricht, warum er nicht zum Essen nach Hause käme, den Hugging-Face-Emoji geschickt. Sie wusste, dass er den Stress der Arbeit manchmal mit einem Vollrausch wegknipsen musste. Sie würde ihm etwas zu essen auf dem Herd stehen lassen und eine Ibuprofen 400 neben das Bett legen. Ihr Sohn würde die leichten Abweichungen der Geräusche, die sein Vater nachts beim Betreten der Wohnung machte, bemerken: Der Schlüssel fand das Loch nicht auf Anhieb, er konnte beim Abstreifen der Schuhe ins Wanken geraten usw. In den kommenden Tagen würde er versuchen, diesen Aussetzer durch Großzügigkeit wiedergutzumachen. Ein Essen beim Burgerladen auf der Limmerstraße, Nachfragen zum Sport, den Freunden und seinen Interessen. Thorsten Gehlert war ein bedachter Ehemann und Vater. Momentan aber primär darauf aus, im 4/4-Takt Gezapfte zu trinken und jedes erste und dritte mit einem Sambuca zu betonen. Seine Kollegen erzählten ihm vom Einsatz in der Merkur-Spielothek gegenüber von der Glocksee, wo es nach einem Missverständnis zwischen einem verdeckten Ermittler und einer Person, die sie damals für einen Strippenzieher der Bandidos hielten, zu einem Schussgefecht gekommen war, wobei der vermeintliche Strippenzieher getötet und ein Polizist schwer verletzt worden war. Mit einer Schrotflinte hatte man ihm den Unterarm weggeschossen. Sie hatten seine Hauptschlagader sofort unter der Schulter abgebunden, und auch wenn er den Großteil des Arms behalten konnte, sei er, seit er eine Prothese tragen musste, ein anderer. Sie hätten ihn am Wochenende in seinem Schrebergarten in Döhren besucht, um das Spiel zu schauen. Er lebte von der Unfallrente.

»Wie ausgeleert«, sagte der eine und zog den Rest seiner Zigarette bis zum Filter runter.

»Die Zahl der Körperverletzungen gegen Polizeibeamte geht jedes Jahr hoch«, sagte Thorsten. Er kippte einen Sambuca und erzählte vom Anblick der Leiche im Ihmepark.

»Wenn sie jung sind«, sagte er. Die anderen nickten. Das Gespräch fiel auf Rita Aitzinger, ebenso ein wiederkehrendes Thema. Thorsten verstand nicht, warum nicht er die Leitung der MoKo bekommen hatte, sondern seine Ex-Partnerin. Das sahen seine Kollegen ähnlich.

»Der Beller hält sie für irgend 'ne Form von Genie«, sagte Thorsten. Wobei Genie und Wahnsinn, wie man wisse. Ein Kollege meinte, dass sie halt eine Frau sei, da könne man heutzutage nichts machen.

»Wobei«, sagte der dritte und erinnerte an einige Ermittlungen der letzten Jahre, bei denen sie ihr Können bewiesen hatte. Also ruderten auch seine Kollegen von ihren Positionen draußen auf dem See der besoffenen Schwerstwahrheiten zurück. Eine Flasche Kräuterlikör aus LED-Lichtern blinkte in unregelmäßigen Abständen. Sie stießen auf den Kollegen an, der seine Hand verloren hatte. Sie stießen auf den Alkohol an, auf die Zigaretten, auf die Witze und das Fett. Denn egal, was kam, es gab ihn, den dumpfen Moment des Friedens, irgendwann zwischen dem dritten und dem fünften Bier, wenn jede Zigarette eine Erfrischung ist.
Ha Liebli telefonierte mit ihrer Mutter in Luzern, während sie auf dem Heimtrainer saß, um warm zu werden. Ihr Freund machte den Abwasch. Vor dem Einschlafen wollte sie noch zwanzig Minuten Eigenkörpergewichtübungen machen und Urlaub planen. Nachdem ihr schon so viele ihrer Bekannten von Sizilien vorgeschwärmt hatten, wollte sie die Insel dieses Jahr auch besuchen. Es gab wenig, was sie mehr erfreute, als die Kleine mit ihrem Sonnenhut durch den Sand stapfen zu sehen, Cannoli zu essen, Kaffee zu trinken, Seeigel-Pasta, Sträßchen, Gässchen, Hiking und sich in Onlinebewertungen vertiefen.
Sebastian Tamm lag bei 4° Celsius in einem dunklen, länglichen Kasten auf der Ebene H eines nahezu rechteckigen Gebäudes.
Kai Beller bezahlte 130 Euro inklusive Trinkgeld für das Essen. Auch wenn er davon sicher Durchfall bekommen würde, hatte er auf die Frage, wie scharf das Pad Thai sein sollte, »thai-scharf« gesagt, woraufhin ihn seine Frau in einer Mischung aus Belustigung und Enttäuschung angeschaut, sich einen Kommentar aber verkniffen hatte. Der nonverbale Austausch zwischen dem Ehepaar wiederholte sich, als sie

bemerkte, dass das üppige Weißweinglas, das neben seinem Teller stand, nach den Wan Tans leer war. Den Vorschlag, zum Verdauen noch einen Mangoschnaps zu trinken, lehnte sie bestimmt ab. Kai Beller fühlte sich ungerecht behandelt. Anstatt sich mit Thorsten und den Jungs von der Wache zu betrinken, hatte er seine Familie zum Essen eingeladen, und wie wurde es ihm gedankt? Gar nicht. Ihre Töchter hatten diese Dynamik wohl bemerkt und versuchten, der Spannung mit Späßen zu begegnen. Vor allem Witze, in denen Schildkröten vorkamen, mochten sie. Als das Ehepaar eine Stunde später mit geputzten Zähnen im Bett lag, griff Kai Bellers Frau unvermittelt in seine Pyjamahose und zog seinen Penis raus.

»So«, sagte sie und schaltete die Nachttischlampe aus.

Karin und Georg Tamm hatten ihre Handys ausgeschaltet und versucht, einen Salat zu essen. Nach Sebastians Identifizierung in der Gerichtsmedizin hatten sie es noch zum Supermarkt geschafft und Fertiggerichte gekauft. Mats bekam ein Gläschen mit Karotten-Irgendwas. Nachdem sie so viel geweint hatten, dass sich ihre Augenlider nach Schiefer anfühlten, nahmen sie jeweils anderthalb Tavor 0,5 mg und legten sich, in der Hoffnung, Schlaf zu finden, hin. Karins Mutter würde morgen aus Kassel nach Hessisch Oldendorf kommen. Leider erfüllte sich ihr Wunsch nach Besinnungslosigkeit kaum, weil sie alle halbe Stunde aus ihrem Benzodiazepin-Halbschlaf gerissen wurden, um dem nicht enden wollenden Kreischen und Weinen aus dem Nebenzimmer Einhalt zu gebieten.

Kasper erbrach in der Nacht sein Hundefutter aus Huhn und Seetang. Es lag unverdaut und schleimig vor der Gartentür auf dem Kachelboden. Er hätte diesen Akt der Schande, von dem er wusste, dass er dafür gescholten werden würde, gerne im Garten hinter sich gebracht. Nun wartete er, dass jemand runterkommen würde und das Unglück erblickte. Er sehnte sich danach, lang und druckstark mit zwei Händen gekrault zu werden.

Von Jonas Hartung waren bloß noch das Skelett, die Fingernägel, Haare und Sehnen übrig. Sie lagen in einem ozeangrauen Konfirmationsanzug in einem Grab auf dem Stadtfriedhof Hannover Seelhorst. 180 cm über ihm wuchsen Efeu, Primeln und Andeutungen von Krokus.

Fatma De Jong las auf ihrer Couch ein Buch über vier Frauen in Madrid, die durch verschiedene Strategien der Selbstzerstörung versuchten, sich der Diktatur des männlichen Begehrens zu entziehen. Eine Freundin aus dem Kulturteil der Zeitung hatte es ihr empfohlen, doch sie konnte sich nur schwer darauf einlassen. Auch weil sie die Verstümmelungspassagen anekelten, die ohne Erbarmen auf die endlosen Beschreibungen von Büroleben, Dating und Hausarbeit folgten. Im Schnitt schaute sie alle elf Minuten auf ihr Handy. Den Artikel über den Fund des ermordeten Studenten im Ihmepark hatte die Redaktion bereits abgesegnet.

C.H. Tillmann redete mit seiner Freundin über Sebastian. Sie hatten sich Burger bringen lassen und dafür zwei weitere Stempel auf ihrer Treuekarte erhalten. C.H. wollte nicht allein in der Wohnung am Schwarzen Bären sein. Er sprach es nicht aus, aber er dachte schmerzlich an die 1000 Euro, die er nie zurückbekommen würde. Weil er hatte nicht so viel Geld.

Auch Klara Hüske redete mit ihrem Freund über Sebastian. Bis das Wasser beinahe auf Körpertemperatur runtergekühlt war, blieben sie in der Badewanne und rauchten Joints. Als sie rauswollte, wurde ihr schwindelig, und sie verlor für eine halbe Minute das Bewusstsein. Klaras Freund schaute seiner am Boden liegenden Freundin auf den Arsch. Trotz der Nacktheit hatten sie nicht miteinander geschlafen, was er aus Rücksicht auf Klaras Entsetzen, mit dem Tod konfrontiert zu sein, auch nie eingefordert hätte. Dennoch hielt er kurz inne. Er wollte ihren Arsch einfach nur kurz angucken.

Sonja Dolche saß unter einem Schirm auf einer Schaukel. Im Licht der Straßenlaterne sah der Regen aus wie ein Schwarm Heuschrecken. Sie hörte einen Podcast über einen Medizi-ner, der von 1734 bis 1815 gelebt und den Animalischen Magnetismus erfunden hatte – eine esoterische Heilmethode, die der Hypnose nahesteht. Für das nächste Semester hatte sie vor, sich mit den Ästhetiken verschiedener parapsychologischer Therapien auseinanderzusetzen. Sie wartete auf ein Zeichen von ihrem Freund, der auf ihre Nachricht, dass Sebastian gestorben sei, ermordet sogar, nicht geantwortet hatte. Aber sie machte sich keine Sorgen. Er würde sicher schreiben, wenn er die Zeit dafür fände.

Als Ilia Schuster nach Hause kam, roch er Hähnchen, Spinat und Mandeln. Er legte seine Jacke ab, rief, dass er da sei, und entknotete seine Schnürsenkel. Seine Frau saß auf dem Sofa und gestand, schon gegessen zu haben. Aber es sei noch etwas da. Er küsste sie auf die Stirn. Sie fragte ihn, wie es bei der Arbeit gewesen war und was ihn nach Hamburg verschlagen habe, denn so viel wusste sie aus ihrem Chatverlauf. Er erwiderte, dass er in den kommenden Wochen mehr zu tun haben würde. Eine MoKo, sie wisse.

»Du Armer«, sagte sie, ein Buch weglegend, »hoffentlich geht es dieses Mal nicht so lange.«

Ilia holte sich einen großen Teller und setzte sich neben sie. In der Mediathek der ARD fanden sie einen Tatort aus Solingen, den beide noch nicht kannten. Es war eins ihrer Rituale, sich gemeinsam über die Unmengen an Fehlern und

Ungenauigkeiten der Serie im Verhältnis zur tatsächlichen Polizeiarbeit lustig zu machen. Da Ilias Frau in einer Kanzlei für Arbeitsrecht arbeitete, war es ihre Aufgabe, die Patzer im Bereich der Darstellung der Judikative ans Licht zu bringen, während Ilia brav bei jedem dritten Wort, das ein Polizist oder eine Polizistin sagte, »Unsinn!« rief. Im Nachgang zum Hähnchen öffnete Ilia eine Packung Grissini. Zwar mochten sie diesen Snack nicht, aber es gab einen fahrlässigen Teil ihres Gehirns, der dachte, dass sie dadurch abnehmen würden.

Auf der Arbeitsfläche in Rita Aitzingers Wohnung lag noch das angeschnittene Bananenbrot. Es war ausgetrocknet. Sie war hungrig und stopfte sich eine Scheibe in den Mund. Aber das würde nicht reichen. Auberginen salzen. Knoblauch und Zwiebeln von ihrer Haut befreien. Töpfe. Pfannen. Wenn sie so spät noch etwas aß, würde sie nicht schlafen können. Es war spät. Eine kleine Panik machte sich bemerkbar. Dann schnipste sie mit den Fingern, stand auf, machte Wasser heiß und goss es über Glasnudeln, röstete Erdnüsse, schnippelte eine Paprika und Frühlingszwiebeln klein und manschte alles mit Sojasoße und Sesamöl zusammen. Zwar waren die Glasnudeln ein mit Stäbchen nicht zu bändigender Klumpen aus Stärke geworden, aber wozu besaß sie eine handgefertigte Schere aus Sheffield. Eigentlich wollte sie den Fall noch mal durchgehen, um sich auf den kommenden Tag vorzubereiten, aber ihre Neugierde auf die heutige Etappe Rallye Kroatien siegte. Seit dem Rückzug von VW aus dem Motorsport hatte sie zwar die Fanbindung verloren, denn ihr geliebter Polo R WRC – hier in Hannover-Vahrenheide gebaut – trat nicht mehr an, aber sie begeisterte sich weiterhin für das monotone Aufheulen und Flattern der Motoren, den aufgewirbelten Staub, Schlamm und Schnee und die immer gleichen Anmerkungen der Kommentatoren. Über die stundenlange Berichterstattung, das Gegenüberstellen von Zahlen, Komponenten und Wahrscheinlichkeiten, Hundertstelsekunden, Namen, Anekdoten und Wetterlagen geriet sie in eine Abwärtsspirale aus Unterhaltung, in der ihre Sinneswahrnehmungen langsam verschwanden. Sie träumte Lärm.

Patrick Busche lag auf seinem Bett, den Kopf auf dem Unterarm abgelegt. Seine Finger bewegten sich wie die Flügel einer Wespe im November. Die Bezüge seines Kopfkissens und seiner Decke waren seit Monaten nicht mehr gewaschen worden. Eine Kerze brannte auf dem Fenstersims. Es roch nach Asche, Nachos und Sperma. Vor ihm stapelten sich mehrere tausend Euro in neuen Scheinen.

12

Um halb sieben klingelte Ritas Wecker. Irgendwann hatte sie sich vom Sofa aufgerafft und ins Bett gelegt. Zermürbt starrte sie aus dem Fenster. Der wievielte Tag ihres Lebens hatte heute begonnen? Der fünfzehntausendste, sechzehntausendste? Das Blau des Himmels, das sich gestern noch zaghaft gezeigt hatte, war farblos geworden. Es nieselte. Die beiden Decken, unter denen sie schlief, reichten gerade so, dass sie nicht fror. Auf einem Baum saß ein Fasan, der seine Schwanzfedern zeigte. Und als hätte er Ritas Blick gespürt, drehte er ihr langsam den blaugrün schimmernden Kopf zu, die schwarzen Pupillen umrahmt von Gold und Rot. Rita richtete sich auf. Sie setzte sich auf die Bettkante und gab dem Vogel ein Grußzeichen. Der Fasan nickte. Sie wieder-

holte das Grußzeichen. Der Fasan nickte bestimmter. Sie imitierte ein Krähen. Der Fasan flog davon.
Rita kochte einen Kaffee, nahm das Handy vom Aufladekabel, putzte sich die Zähne und schnitt zwei Scheiben Bananenbrot ab. Als der Kaffee fertig war, goss sie ihn in ein altes Artischockenherzen-Glas, schraubte den Deckel drauf und ging zum Ihmepark. Dafür, dass hier gestern eine Leiche gefunden worden war, gab es keine Anzeichen mehr. Sie hätte erwartet, eine Kerze, ein Foto oder einen Blumenstrauß vorzufinden. Stattdessen nichts als neue Kronkorken. Sie setzte sich auf denselben Platz wie gestern und stellte sich vor, wie aus einer unerschöpflichen Quelle Sonnenlicht in ihren Körper floss. Zunächst füllten sich ihre Füße, dann die Beine, das Becken, der Oberkörper, die Hände, jeder einzelne Finger, ihre Nägel glühten, die Arme, der Nacken und zuletzt ihr Kopf. Sie dachte an die Menschen, die davon profitierten, wenn sie weniger angestrengt war. Ilia, Ha, Melanie, Sebastian Tamms Familie. Ein Gefühl von Weite wich der vagen Missgunst, die ihre Gedanken im Griff hatte. Sie trank den Kaffee, aß das Bananenbrot und ging zurück nach Hause.
Keine Nachrichten in der Messaging-App-Gruppe der Mordkommission. Rita packte ihre Dienstpistole, Munition und die Reste des Glasnudelsalats ein.
Bei der Dienstbesprechung um halb neun fasste sie die Ergebnisse der Befragungen von C.H. Tillmann und Sonja Dolche zusammen. Gehlert erzählte, dass die Tamms beim Anblick ihres Sohnes kein Wort von sich gegeben hatten. Wie eisig und schlimm es war. Rita sollte bei seiner Erzählung ein schlechtes Gewissen bekommen. Liebli berichtete von einem Tutor und einer Kommilitonin, mit denen sie über Sebastian geredet hatte. Ihrer Meinung nach sei er ein un-

auffälliger Student im mittleren Leistungssegment gewesen, der wenig mit den anderen interagiert hatte.
»Die Rede kam auf eine AStA-Party im *Stumpf*, dem Punkclub beim Welfengarten. Ich weiß nicht, ob ihr den kennt. Konzerte, Raves, ein paar Soliveranstaltungen und so weiter. Es gibt da manchmal Stress, aber eher wegen XTC-Überdosen als Schlägereien. Hat zumindest der Kollege von den Schutzpolizisten so geschildert. Zu Semesterende hat der AStA da was veranstaltet. Eine Elektro- und Funk-Party. Dort hat die Frau«, Ha schaute in ihr Handy, »Kleinert, Mona Kleinert, das Opfer kennengelernt. Freunde von Freunden, beide neu in der Stadt, standen nebeneinander am Tresen, haben ein Bier getrunken. Die Frau Kleinert studiert Medienwissenschaften und Sozialwissenschaften. War aufrichtig erschüttert, als ich ihr gesagt habe, was mit Sebastian passiert ist, und –«
»Hatten die beiden Sex?«, fragte Rita.
»Nein, lief wohl nie was. Sie meinte, dass er ihr asexuell vorkam.«
»Asexuell?«, fragte Ilia, »Sonja Dolche hat auch erzählt, dass sie kaum Sex mit Sebastian hatte, als sie noch zusammen waren.«
»Wie gut sieht sie aus?«, fragte Rita.
»Schon gut.«
»Auf einer Skala von 1 bis 10?«, fragte Thorsten Gehlert.
»Es fällt mir schwer, die Attraktivität von Menschen –«
»Ist gut gemeint, Liebli, aber –«
»Eine 7«, sagte Ha.
»Das heißt, in seinen Augen wahrscheinlich eine 6«, sagte Rita. »Wie viel Geld besitzt Frau Kleinert?«
»Gehobener Mittelstand. Sie trug Lederschuhe und eine dünne, besonders geschwungene Brille, die sicher teuer war.«

»Fandest du, dass sie schlau war?«
»Nach ihren Noten habe ich nicht gefragt.«
»Schlau im Sinne von: Vokabular, Syntax, Wortwiederholungen. Füllte sie die Dinge aus, von denen sie sprach, etwa die Asexualität, oder klang es leer und so weiter.«
»Die Frau stand unter Schock«, sagte Ha.
»Du auch?«, fragte Rita.
»Nein«, sagte Ha.
»Der Punkt ist?«, fragte Thorsten.
»Sebastian Tamm war nicht asexuell. Er war wählerisch und feige. Aber immerhin wissen wir jetzt, dass er berechnend sein konnte. Die erste Information, die sich nach einem Menschen anhört.«
»Berechnend?«
»Für Sebastian bedeutete eine Freundschaft mit jemandem zu führen, der aus einem sozioökonomisch stabileren Milieu als dem eignen kam, eine Aufwertung. Auch wenn ihm klar war, dass er die Beleidigung, Mona nicht zu begehren, als Selbstverschulden darzustellen hatte.«
»Und warum hatte er keinen Sex mit Sonja?«
»Er ahnte, verlassen zu werden, und wollte sie dafür bestrafen.«
»Vielleicht kränkt es Mona Kleinert nicht, nicht begehrt zu werden«, sagte Ha.
»Dann soll sie sich 'ne andere Brille kaufen.«
»Gibt es eigentlich ein Motiv, einen Verdacht, irgendwas?«, fragte Gehlert.
»Sind die Berichte schon fertig? Außerdem ist die Frage, was bei dem *Mädchen mit den Schwefelhölzern* passiert ist.«
»Die Regisseurin ist momentan bei Endproben in Monte Carlo«, sagte Ilia.
»Die bringt uns nichts. Wir müssen mit der Assistenz reden oder mit den Hospitantinnen.«

»Werde ich organisieren«, sagte Ilia.
»Was ist mit der HAZ?«, fragte Rita.
»Neutraler Artikel mit der Aufforderung, alle Hinweise an uns weiterzuleiten«, sagte Thorsten.
»Keine Spekulationen von Seiten De Jong?«
»Nein«, sagte Ilia.
»Gut«, sagte Rita.
»Was glaubst du denn, wer es war?«, fragte Thorsten.
»Was wissen wir? Er war zurückgezogen, hatte ein gestörtes Verhältnis zu seinen Eltern und ein Problem mit Anerkennung. Er verfolgte ein autotherapeutisches Kunsthobby, galt als melancholisch. Hm.«
»Ja?«, fragte Liebli.
»Die Mutter«, sagte Rita.
»Warum die Mutter?«, fragte Ilia.
»Sie können mit ihrem neuen Kind nur neu starten, wenn das alte weg ist. Vielleicht sind Dinge in Hessisch Oldendorf passiert, die nicht rückgängig gemacht werden können, nicht vergessen werden können. Irgendwann könnte Sebastian Mats die Wahrheit erzählen. Es lag eine Zärtlichkeit in der Tat. Vielleicht sogar etwas Reuevolles. Keine Spuren von Kampf. Er durfte sein Lieblingslied hören. Eine Wiedergutmachung des Fehlers, etwas zur Welt gebracht zu haben, was ihr fremd war.«
»Hat die Mutter ein Alibi?«, fragte Ha.
»Wer auch immer Sebastian Tamm umgebracht hat, tat das in der verqueren Vorstellung, ihm einen Gefallen zu tun. Und ja, wahrscheinlich hat die Mutter ein Alibi.«
»Ähm.«
»Die Arroganz der Leidenden. Es gibt Leute, die glauben, dass langjähriges Unglück ihnen eine Form von moralischer Überlegenheit gibt. Wir wissen nicht viel über Sebastian Tamm,

aber wir wissen, dass er litt. Vielleicht hat ihn das zu einem überkritischen Sohn gemacht, der jetzt, nach der ersten Abkopplung durch den Auszug, damit begonnen hat, seinen Eltern Vorwürfe zu machen. *Das Mädchen mit den Schwefelhölzern* ist auch eine Geschichte der RAF, und die Uridee der RAF war der Elternmord. All diese Dinge könnten in ihm eine Art Hass geschürt haben, das Bedürfnis, abrechnen zu wollen, oder schlimmer noch: sich zu erinnern.«

»Klingt eher nach der Selbstkritik eines Wachtmeisters«, sagte Thorsten.

»Einer Wachtmeisterin«, sagte Rita.

»Also die Mutter?«, fragte Thorsten.

»Wir sind noch keine vierundzwanzig Stunden in der Ermittlung. Ihr habt mich nach meiner Meinung gefragt, und ich –«

Eine Pause entstand.

»Auf«, sagte Ilia.

»Ja, machen wir uns an die Arbeit«, sagte Ha.

Rita verließ den Raum.

Als Ilia in Ritas Büro kam, sah er ihren rechten Schuh hinter der Frontblende des Arbeitstisches. Dort saß sie und schaute auf ihr Handy. Deutlich hörbar sagte er, dass Kommissarin Aitzinger wohl nicht hier sei und dass er im Auto auf sie warten würde. Fünf Minuten später saßen sie nebeneinander im Passat in Richtung der MHH.

13

Die Rechtsmedizin auf der Ebene H der Medizinischen Hochschule Hannover. Helle Räume, weißes Licht, Poster

von Ritterrüstungen. Die Leiche von Sebastian Tamm lag auf einer Bahre. An verschiedenen Stellen war sie aufgesägt und wieder vernäht worden. Soweit sie sich nicht auf dem Rücken befanden, waren nun all seine Tattoos zu erkennen. Dies war der Arbeitsplatz von Dr. Meese und Dr. Latzen, zwei Forensikerinnen, zu denen Rita ein ängstlich-bewunderndes Verhältnis hatte. Sie hatten die Leichenöffnung ohne Ermittlungsbeamte der Staatsanwaltschaft durchgeführt, weil sie wussten, dass Rita das nicht mochte.
»Aitzinger, Schuster«, sagte Dr. Latzen.
»Hallo«, sagte Rita.
»Wollen wir?«, fragte Dr. Meese.
»Gerne«, sagte Ilia.
»Also«, sagte Dr. Latzen.
»Das Plümmo des Opfers war an Mispel und Horchus vertieft«, sagte Dr. Meese.
»Wie man hier sieht«, sagte Dr. Latzen und zeigte auf sein Küleken.
»Es plümte, sozusagen«, sagte Dr. Meese.
»Wobei das Glysium steht«, sagte Dr. Latzen. Er bog Sebastians Ellenbogen dementsprechend.
»Trotz des gesunden NNG-Lappens.«
»Also flach?«, fragte Ilia.
»Flach, jedoch leidlich strapßiert«, sagte Dr. Meese.
»Das Knie weist einen Emprakter auf«, sagte Dr. Latzen.
»Was war ein Emprakter noch gleich?«, fragte Rita.
»Der kann auch vom Joggen kommen«, sagte Ilia.
»Sicher, aber da müssen wir die Laborwerte abwarten«, sagte Dr. Meese.
»Weil er könnte postmortal sein.«
»Postmortal?«, richtete sich Rita an Ilia.
»Das ist, wenn etwas erst nach dem Tod eintritt.«

»Oder sollen wir die Läppchen stökern?«, fragte Dr. Latzen.
»Denkbar«, sagte Dr. Meese.
»Aber im Blut?«, fragte Ilia.
»Für den toxikologischen Bericht müsst ihr euch noch gedulden.«
»Ganz habe ich es nicht, also -«, sagte Rita.
»Die fehlenden Abwehrverletzungen lassen -«, sagte Dr. Meese.
»Mit einer 35%igen Wahrscheinlichkeit vermuten -«, sagte Dr. Latzen.
»Dass Sebastian Tamm vor seinem Tod betäubt wurde«, sagte Dr. Meese.
»Aber Konsument war er nicht«, sagte Dr. Latzen.
»Wie hat man ihn betäubt?«, fragte Rita.
»Das kann man noch nicht sagen«, sagte Dr. Meese.
»Wie Jonas Hartung?«, fragte Rita.
»Das ist nicht alles, was ihn mit Jonas Hartung verbindet«, sagte Dr. Latzen. Sie hob den linken Arm des Opfers.
»Fuck«, sagte Rita.
Sie musste mehr auf ihre Schlafhygiene achten. Einfach um zwölf Uhr ins Bett gehen, ist nicht viel dabei, schafft jede. Und sich zurückhalten. *Es lag eine Zärtlichkeit in der Tat*, was glaubte sie, wer sie war? Sie durfte denken, was sie wollte, aber nicht alles aussprechen. Sechs Stunden gesunder Schlaf, das reicht, aber sechs sollten es sein. War ihr gelungen in den letzten Monaten, kriegte sie hin. Flüssiges Sonnenlicht. Sie schloss die Augen. Sie konzentrierte sich auf flüssiges Sonnenlicht, einen warmen immateriellen Honig, der ihr vom Kopf in den Körper floss. Der sie verklebte, der ihre Lungen füllte. Sie schnappte nach Luft.
»Rita?«, fragte Ilia.
Es war okay, dass sie das mitnahm. Gefühle waren etwas Nor-

males. Sebastian Tamm hatte sich wie Jonas Hartung eine Hand in seine Achselhöhle stechen lassen.

»Entschuldigung«, sagte sie. »Wir müssen herausfinden, woher jedes einzelne der Tattoos stammt, wer sie gestochen hat und wann.«

Dr. Meese nickte.

»Das kann, aber muss keine Verbindung sein. Das Detail war der Presse bekannt. Ich meine, der Mann hat sich einen Döner auf den Fuß stechen lassen, allzu wählerisch war er nicht. Aber wer weiß, vielleicht gab es eine Verbindung zwischen den beiden. Hartungs Familie kommt aus Springe. Ähnliches Alter.«

»Und noch etwas«, sagte Dr. Latzen.

»Fingerabdrücke?«, fragte Rita.

»Nein. Aber Rückstände von Latexproteinen. Die werden bei billigeren Gummihandschuhen an das Puder beziehungsweise die Maisstärke gebunden, damit sie nicht zusammenkleben.«

»Ich weiß, was Latexproteine sind«, sagte Rita.

Dr. Meese lachte.

14

C.H. Tillmanns Telefon klingelte. Rita wollte wissen, wann Sebastian Tamm sich das Tattoo des Döners hatte stechen lassen. Und warum. C.H. antwortete, dass einer der Dönermänner (sic!) Sebastian angeboten hatte, ihm Extra-Fleisch zu geben, sollte er sich einen Döner auf den Fuß tätowieren lassen. Noch verkatert rief er eine Freundin an, ob sie ihn stechen könnte. Wer diese Freundin gewesen war, hatte

Sebastian ihm nicht gesagt. Auf jeden Fall bekam er von da an Extra-Fleisch, wenn er zu Happy Döner ging. Allerdings dauerte sein Glück nicht lange, denn der Dönermann (sic!) kündigte, um sich auf sein Studium zu konzentrieren, was ihm den Spitznamen Juramann (sic!) einbrachte. Ob das der Auslöser für Sebastian war, sich von da an vegetarisch zu ernähren, wusste C. H. nicht. Auch den Namen des Jurastudenten wusste er nicht mehr.
»Irgendwas mit M«, sagte er.

15

Die Tür zu Jonas Hartungs Wohnung war aufgebrochen worden. Rita erinnerte sich an den Donnerstagmorgen im Februar. Er war ihr Nachbar gewesen. Aber gekannt hatten sie sich nicht. Das demolierte Schloss war ihr auf dem Weg zur Frühschicht aufgefallen. Sie hatte geklingelt. Keine Antwort. Zaghaft etwas in den dunklen Flur gerufen. Nichts. Also hatte sie die Wohnung betreten. Keine Kampfspuren im Flur, keine umgeworfenen Pfandflaschen, Jacken, Schals auf dem Boden oder dergleichen. Sie hatte sich die Ärmel über die Hände gezogen und die Tür zum Wohnzimmer geöffnet. Die Wohnung hatte denselben Schnitt wie ihre, bloß spiegelverkehrt. Jonas Hartung lag mit einem Kissen über dem Gesicht auf dem Sofa. Ein Arm hing schlapp vom Körper herab, der Handrücken auf dem Laminatboden. Im starren Griff sein Handy. Es war stickig, Rauchgeruch, Heizung auf 5, die Gardinen zugezogen, leere Burger- und Pommes-Kartons, Reste von Ketchup und Majo, eine Sriracha-Tube, Unterwäsche, das Licht des WLAN-Routers und eine Grabkerze von Rossmann.

»Herr Hartung?«, hatte Rita gefragt. Kein Laut, keine Bewegung. Sie hatte das Kissen angehoben und in das blasse Gesicht des Jungen geschaut. Sie hatte ihren Zeigefinger unter seine Nase gehalten. Sie hatte »Halt dein Maul« gemurmelt und kurz darauf Notdienst und Polizei gerufen. Tod durch Ersticken. Sein 3000-Euro-Gaming-Laptop war verschwunden.

Nach einem halben Jahr unergiebiger Ermittlungen, die Rita Aitzinger und Thorsten Gehlert allen Respekt voreinander hatten verlieren lassen, wurde die Mordkommission aufgelöst. Raubmord. Täter: unbekannt. Aber eigentlich wussten die Beteiligten, dass es sich bei Hartungs Tod um mehr gehandelt hatte. In seinem Blut war eine Mischung aus Opiaten und Benzodiazepin nachgewiesen worden, wobei der Grinder auf dem Couchtisch eher darauf schließen ließ, dass THC seine narkotische Achillesferse war. Es war das erste Mal in Ritas Karriere, dass sie ein Verbrechen nicht verstand, sich keinen Reim darauf machen konnte, verzweifelte. Und der erste Fall, den sie nicht hatte lösen können.

Was sie am meisten verwirrt hatte, waren die zwei Flaschen Rosé aus einem Dörfchen zwischen Mittelmeer und Pyrenäen gewesen, die in der Küche standen. Wein, von dem jährlich weniger als sechshundert Liter produziert wurden und der dementsprechend rar und teuer war. Er hatte nicht in die Wohnung gepasst. Noch dazu hatten die Flaschen nicht im Kühlschrank gestanden, wie bei Rosé üblich, sondern neben einem Brotkasten, in dem ein frisches Weißbrot lag. Bei den Weinhändlern Hannovers hatte man ihr nicht weiterhelfen können, niemand hatte den Rosé bestellt oder gekauft. Ihr war es gewesen, als wäre er in der Wohnung platziert worden, um sich über sie lustig zu machen. Sie war sich sicher, dass es eine Verbindung zum Mörder oder zur Mörderin gab, aber es war ihr unmöglich, das zu beweisen. Nach dem Einstellen der Ermittlungen hatte sich Rita zwei Monate krankschreiben lassen.

»Ich will wissen, was für Musik Jonas Hartung gehört hat«, sagte sie.

»Rita«, sagte Ilia.

»Ja?«

»Ich bin dein Freund.«

»Dann erklär mir, warum seine Stereoanlage an war. Erklär es mir, Ilia, und ich höre auf, nachzufragen. Er war online. Das haben uns seine Klan-Kollegen bestätigt, das ist aus seiner IP-Adresse ersichtlich. Also hatte er seine Kopfhörer auf. Bis 1:12 Uhr fuhr er mit seinem Charakter Kreise auf einer Schlittschuhbahn in Hailin zum chinesischen Neujahrsfest. Raketen explodierten über dem gerenderten Nachthimmel, bla bla. Erst um 1:56 Uhr wird die Verbindung gekappt. Zwischen 1:12 Uhr und 1:56 Uhr bewegte sich sein Charakter nicht mehr. Stand auf dem Schlittschuhfeld und warf flackernde Schatten, bla bla. Warum sollte ein Einbrecher oder eine Einbrecherin über vierzig Minuten in der Wohnung bleiben? Und warum sollte die Anlage an sein? Und warum -«

»Bitte fang nicht -«

»- sollte er zwei Flaschen Rosé aus Calce in der Küche haben?«

»- wieder mit dem Wein an.«

»Weißt du, wie viel so eine Flasche kostet?«

»Ich weiß, wie viel so eine Flasche kostet.«

»Du willst mir erzählen, dass der Hartz-5-Empfänger Jonas Hartung Rosé für knapp hundert Euro bei sich rumstehen hat? Um damit die Burger, Pizzen und Dosenravioli runterzuspülen?«

»Wir haben versucht, die Weinkäufer ausfindig zu machen. Selbst beim Weingut. Mehrmals. Wir sind die Namen durchgegangen. Es gab keine Verbindungen zum Opfer. Es gab nicht mal eine Verbindung nach Hannover.«
»Du verstehst es nicht, oder? Wenn Jonas Hartung einen Musikstreamingdienst-Account hatte und zwischen 1:12 Uhr und 1:56 Uhr Musik gehört hat –«
»Rita!«, rief Ilia. »Ich werde mich darum kümmern. Aber wir nehmen den Fall Jonas Hartung erst wieder auf, wenn wir uns sicher sind, dass er etwas mit dem Fall Sebastian Tamm zu tun hat.«
»Beide hatten ihr Handy in der Hand, als sie starben. Beide hatten das gleiche Tattoo, sie –«
»Soweit wir wissen, Rita, hatten sie –«
»Und wir müssen das Kissen auf Rückstände von Latexproteinen untersuchen.«
»Machen wir, aber die beiden gehörten nun wirklich nicht zum selben Milieu, wurden in völlig verschiedenen Teilen der Stadt gefunden und –«
»Nicht zum selben Milieu?«
»Der eine war ein zurückgezogener, verkiffter Ex-Azubi und der andere, wenn ich dir Glauben schenken darf, ein ambitionierter Student.«
»Was würdest du sagen, wenn beide einen vietnamesischen Vornamen hätten, aber der eine Azubi und der andere Student wäre? Hätten sie dann auch nichts miteinander zu tun?«
»Nein.«
»Oder wenn beides Frauen wären, die auf eine zumindest ähnliche Weise mitten in der Nacht erstickt worden wären. Hätten sie dann etwas miteinander zu tun?«
»Du willst mir also sagen, dass wir nach einem Mörder Aus-

schau halten, der es auf Typen Anfang zwanzig abgesehen hat?«, fragte Ilia.
»Auf deutsche, traurige Jungs.«
»Oder eine Mörderin«, verbesserte sich Ilia.

16

In einem Interview in Tokio sagte der Popstar Taylor Swift, dass ihr Song *It's nice to have a friend* Kinderfreundschaften mit dem Verliebtsein im Erwachsenenalter vergleiche. Sie erklärte, dass wir uns alle nach Liebe sehnten und jemanden suchten, mit dem wir unsere Sicht auf die Welt und damit die Welt selbst teilen könnten. Dass wir uns danach seit dem frühesten Kindesalter sehnten. Aber sie warnte davor, dass Zweisamkeit etwas Monströses sei. Ihrer Meinung nach stellte die Spezies der Menschen nichts als eine Meute vorübergehender Fleischhypothesen dar, die versuchten, die eigene Anstößigkeit durch das Erfahren von Zärtlichkeit zu kompensieren. Weswegen ihre Gier nach Zuspruch grenzenlos war. Sie betonte, dass, wenn zwei dieser gefallsüchtigen Geschöpfe aufeinanderträfen und all die *Gefühle*, sprich Symptome ihres nur mit dem Tod enden könnenden Krankheitsverlaufs, der gemeinhin *Leben* genannt wurde, bis zum Erbrechen ineinanderstopften, man nicht davon ausgehen dürfe, damit irgendeinen Schmerz zu lindern. Wenn ein Mensch einem Menschen nahekam, gab er die einzige Form der Selbstachtung auf, die es ihrer Meinung nach gab, nämlich die Bereitschaft zur Isolation. In einem von Stunde zu Stunde dunkler werdenden Raum zu sitzen und auf einen Laptop zu starren, vielleicht zwischendurch einkaufen zu

gehen oder zu scheißen, sei das Mindeste, was eine Person mit Anstand angesichts des Horrors tun konnte, den die Anmaßung, sein Glück selbst in die Hand zu nehmen, für dieses einsame, auserwählte Objekt schlussendlich bedeuten würde. Denn die Wahnvorstellung eines Seins-mit-dem-anderen, des *being-with-each-other*, so Swift, die all diese Dinge natürlich auf Englisch sagte, war der giftige Morast, in den tief die Wurzeln des Baums der Verzweiflung ragten.
Jonas Hartung hatte *It's nice to have a friend* von Taylor Swift laut dem Verlauf von Musikstreamingdienst 781 Mal gehört. Ansonsten Deutschrock.

17

»Es tut mir leid«, sagte Rita, »dass ich vorhin dem Impuls nachgegeben habe, meine Theorie vorschnell zu teilen. Auch tut es mir leid, wie ich mich dir gegenüber verhalten habe, Gehlert, das war nicht angebracht. Deine Arbeit wird hier von allen wertgeschätzt.«
»Kein Problem«, sagte Thorsten.
»Gut, das noch mal anzusprechen«, sagte Kai Beller.
»Ja«, sagte Ilia.
»Richtig«, sagte Ha.
»Und jetzt«, sagte Rita, »die Medienanalyse.«
»Yay!«, rief Ha und schob eine Couch vor den größten Flachbildschirm, der der Kriminalpolizei zur Verfügung stand. Kai Beller hatte eine Zweieinhalb-Liter-Flasche Cola und Erdnuss-Flips mitgebracht.
»Nicht für mich«, sagte Rita.
»Wissen wir«, sagte Kai Beller, »zu viel Zucker.«

»Und Nahrungsmittelzusatzstoffe«, fügte sie hinzu.
Der Staatsanwalt lud die Informationen vom Handy des Opfers auf den Bildschirm. Erster Punkt von Interesse waren seine Datinggewohnheiten. Dafür hatte Sebastian Tamm Datingapp verwendet, eine App, mit der man potenzielle Partner und Partnerinnen finden konnte, wobei er angegeben hatte, nur auf der Suche nach Frauen zu sein. Dazu hatte er drei Fotos von sich und eins von der Zeichnung einer Ananas hochgeladen. Das erste Foto zeigte ihn lächelnd an einem Tisch vor einem Blumenbouquet und Eiskaffee sitzend, das zweite, wie er mit einem Fahrrad durch den Wald brauste, und das dritte mit einer Sonnenbrille auf einer Bank. In seine Bio hatte er *queer & ecofriendly* geschrieben.
Vor allem über das erste Foto war sich die Runde nicht einig. Die einen fanden, dass es etwas zu süß wirkte, beinahe albern und daher unattraktiv. Selbst wenn immer wieder behauptet wurde, dass Humor sexy sei, stimmte das nur eingeschränkt. Für ein erstes Date vorzuschlagen, einen Eiskaffee zu trinken, könnte eine gelungene Idee sein, also das Entspannte und Bodenständige daran. Überhaupt war jedes Kennenlernen klasse, das nicht auf Alkohol basierte. Aber als erster Eindruck? Nein. Da hatte Sebastian sich einen Patzer erlaubt. Trotzdem konnten sie sich darauf verständigen, sein Profil als solide 7 durchgehen zu lassen. Sebastian sah gut aus auf den Fotos. Er machte einen sportlichen und kreativen Eindruck, wenn auch etwas kindlich, was natürlich mit der Zeichnung der Ananas zusammenhing.
Thorsten Gehlert störte sich am *queer & ecofriendly*. Er befürchtete, dass es von einigen Userinnen falsch verstanden werden könnte, denn Tamm war anscheinend an einer heterosexuellen Beziehung interessiert. Er argumentierte, dass man es als zynisch lesen konnte, als einen Kommentar auf

das sogenannte Pride- und Greenwashing großer Konzerne, deren scheinbare Involviertheit in liberale Politik rein ökonomischen Interessen folgte. Bigotterie stand im Raum. Und so angebracht er die Kritik daran fand, auf einem Datingapp-Profil hätte sie nichts zu suchen. Schlimmer noch – Gehlert sah in der Selbstbeschreibung des Opfers als cleverer Allesdurchschauer eine Spieglung des Verhaltens genau der Unternehmen, die es kritisierte. Denn auch Tamm sei durch das Signalisieren seiner kritischen Haltung lediglich auf Profit aus, der in diesem Fall aus Likes und Matches bestand.

Kai Beller fand Thorsten Gehlerts Theorie eindrucksvoll, aber merkte an, dass sie gegebenenfalls um ein paar Ecken zu weit gedacht war, eine Eigenschaft, die er an Thorsten Gehlert zu schätzen wüsste!, aber hier sei der nüchterne Gedanke dem düsteren vorzuziehen. Seiner Meinung nach müsse man ein solches Profil als etwas verstehen, was aus der Hüfte geschossen kam. Er fand es okay, durchschimmern zu lassen, wo man sich im politischen Spektrum befand, schließlich sei das ein wichtiger Faktor dafür, ob es zwischen zwei Menschen passte.

Hier stimmte Ha Liebli mit Beller überein und fügte hinzu, dass es für zynische Menschen, wie Sebastian Tamm vielleicht einer gewesen war, sinnvoll wäre, eine zynische Partnerin zu finden, auch wenn ein Näherkommen unter diesen Vorzeichen erfahrungsgemäß müßig sei, da beide wahrscheinlich Probleme damit hätten, ihre für sie selbst schwer auszumachenden, über Jahre undurchdringbarer gewordenen Verklumpungen aus Popkultur und Kritischer Theorie aufzuklopfen.

Ilia fand es schade, dass keiner von ihnen die Selbstbeschreibung *queer & ecofriendly* ernst nahm. Es könnte doch sein,

dass Sebastian Tamm tatsächlich queer und umweltfreundlich war. Fleisch aß er beispielsweise nicht.
Rita schien etwas ganz anderes zu wundern, nämlich dass Sebastian mit diesem Profil, das sie als solide 7 betrachteten, was bedeutete, dass es bestimmt Leute gab, die es als 8 einschätzen würden, nur so wenig Zuspruch bekam. 19 Frauen hatten sein Profil gelikt, die er nicht zurückgelikt hatte, und mehr als 7 Matches waren nicht aufgelistet. Wovon das letzte über vier Monate zurücklag und der Chat nach wenigen Nachrichten von *Marie, 24* eingeschlafen war. Dabei hatte er sich für jedes Gegenüber etwas Reizendes überlegt, um die Sache ins Laufen zu bringen. Ein »hey wie gehts« suchte man bei Sebastians Openern vergebens. Stets hatte er einen Gesprächseinstieg gefunden, der, da waren sich wieder alle einig, Spaß machte und Raum zu erzählen bot, ohne verzweifelt oder forciert zu wirken. Nur im Chat mit *Patricia, 22* war es dazu gekommen, dass Telefonnummern ausgetauscht wurden. In Sebastians Kontaktliste war sie als Patricia Pérez gespeichert. Sie mussten sich verabredet haben, denn ihre letzte Nachricht lautete: *Freu mich dann bis gleich :)*.
Ilia rief bei ihr an. Sie würden sie später im Burgerladen auf der Limmerstraße zur Befragung treffen, denn dort hatte sie heute Schicht.
»Der Burgerladen auf der Limmerstraße«, sagte Rita.
»Heftige Burger«, sagte Thorsten.
»Sebastian hatte eine Rabattkarte von denen in seinem Portemonnaie.«
»Habe ich auch«, sagte Thorsten.
»Wirklich heftige Burger«, sagten Ha und Kai Beller.
»Können wir weitermachen?«, fragte Rita.
Sie lasen seine E-Mails, seine Rechnungen von Online-Bestelldiensten, seine Abrechnungen von monatlichen Ser-

vices, seine Nachrichten mit den Eltern, seine Nachrichten mit der WG, seine Nachrichten mit Freunden, seine Nachrichten mit Freundinnen, beguckten die am häufigsten verwendeten Emojis, seinen Spam-Ordner, sie schauten sich die Fotos in seiner Galerie an, sie lasen seine zuletzt geöffneten Tabs durch, waren beeindruckt von seiner durchschnittlichen Geschwindigkeit beim Joggen, scrollten durch seine Anrufliste, seine Kontakte, prüften seinen Kalender, seinen Fortschritt beim Spanischlernen, die Vintagekleidung, die er mit einem Stern markiert hatte, den Kontostand auf seiner Cryptowallet, seine abonnierten Videoportal-Kanäle und hörten sich seine Sprachnachrichten durch. Nichts daran war auffällig. Nur ein Detail stieß auf Befremden. Sebastian Tamm las gemeinfreie Bücher über die Gutenberg-Project-App. Alle hätten schwören können, dass er zu dem Typ Typ gehörte, dem es wichtig war, Bücher als Gegenstände zu besitzen. Im Roman, den er gerade las, war bei 42 % eine Stelle markiert.

Und Emma wartete jeden Tag mit einer gewissen Angst auf die Wiederholung kleiner Ereignisse, die ihr im Grunde nichts bedeuteten.

Thorsten konnte sich ein Schmunzeln nicht verkneifen.
»Entschuldigung«, sagte er.
»Süß«, sagte Rita.

18

Früher sind alle zu McDonald's, aber dann sind sie zur Uni und haben gelernt, dass McDonald's schlecht ist. Die Burger bestanden aus Ratten, und die Chicken McNuggets aus anderen Ratten. Das Essen dort machte alt und tot. Außerdem wurden die Angestellten versklavt und Gewinne direkt ins US-Militär gesteckt. Deswegen durfte man nicht zu McDonald's. Trotzdem wollte man zu McDonald's, weil es eine Kindheitserinnerung war. Da trafen sich eines Abends drei Männer und hatten eine Idee. Sie würden eine McDonald's-Filiale aufmachen, aber so tun, als wäre es keine. Der Trick war, dass die Portionen klein waren, aber die Teller groß. Und der Trick war, dass die Patties zwar aus Ratten bestanden, aber es waren Ratten aus dem Calenberger Land. Und der Trick war, dass sie für alles einen anderen Namen hatten. Der Burger war ein Smash Burger, die Chicken McNuggets waren Korean Chikin und die Cola war Homemade Lemonade. Aber der wichtigste Trick war, dass der Burgerladen auf der Limmerstraße selbst keinen Namen hatte, weswegen ihn alle den Burgerladen auf der Limmerstraße nannten. Was sogar dazu führte, dass Leute anfingen, den Burgerladen auf der Limmerstraße als McDonald's der Limmerstraße zu bezeichnen, womit sich der Kreis des Fremd- und Selbstbetrugs etymologisch schloss.

»Hast du hier schon mal gegessen?«, fragte Ilia.

»Nein«, sagte Rita. Die Schaufenster waren beschlagen. Ilia öffnete die Tür.

»Kommissar Schuster?«, fragte Patricia Pérez hinter Rauchwolken.

»Richtig«, sagte Ilia, »woher wissen Sie das?«

»Ich habe nach Ihrem Bild im Internet gesucht«, sagte sie.

»Oh«, sagte Ilia.
»Aitzinger«, sagte Rita.
»Hallo«, sagte Patricia.
»Haben Sie einen Moment?«
»Klar. Setzen Sie sich.«
»Ich nehme einen Ufo Burger«, sagte Ilia. »Und ein Wasser mit Gas.«
»Und für die Dame?«
»Die Dame?«
»Die Kommissarin.«
»Nichts.«
»Wunderbar«, sagte Patricia und verschwand in der Küche.
Rita und Ilia setzten sich in eine Ecke am Fenster. Außer ihnen waren nur junge Menschen mit bunten Pullovern, Haaren und Computern in dem Laden. Man hörte lautes Zischen aus der Küche und Musik wie aus einem Film über die Geschichte einer Freundschaft.
»Meine Eltern haben früher auch manchmal Burger gemacht«, sagte Ilia.
Ritas Eltern nicht.
»Also«, sagte Patricia Pérez, mit Ilias Bestellung auf einem Tablett, »was kann ich für Sie tun?« Ilia nahm ihr den Burger ab und machte einen A-Laut.
»Sebastian Tamm«, sagte Rita.
»Sebastian Tamm«, sagte Patricia, »ja.« Sie schien betroffen.
»Sebastian Tamm wurde gestern Morgen ermordet im Ihmepark aufgefunden«, sagte Ilia.
»Das ist wirklich ungerecht«, sagte Patricia.
»Was?«, fragte Rita.
»Er hatte es nicht verdient zu sterben.«
»Wer hat es Ihrer Meinung nach verdient?«
»Niemand. Wahrscheinlich.«

»Also ist der Tod ungerecht?«
»Nein. Das nicht.«
»Welcher Tod ist gerecht?«
»Tyrannenmord?«
»Und die Todesstrafe?«
»Selten.«
»Dass Mussolini erschossen und kopfüber am Dach einer Tankstelle aufgehängt wurde?«
»Ich glaube, ich kann Ihnen nicht folgen.«
»Aber dieser Tod, der von Sebastian Tamm?«
»Ein so junger Typ? Das ist doch schrecklich.«
»Mit wie vielen Jahren wäre es denn okay gewesen, ihn zu ermorden?«
»Meinetwegen, ich nehme es zurück.«
»Sie fanden es also gerecht, dass er tot ist?«
»Sebastian Tamm hatte eine Stempelkarte vom Burgerladen«, sagte Ilia nach einem lauten Husten. »Kannten Sie ihn schon als Kunden?«
»Die Karte hat er von mir bekommen, als wir uns das erste Mal getroffen haben.«
»Sie haben ihn via Datingapp kennengelernt?«
»Es ist seltsam, darüber mit der Polizei zu reden.«
»Was?«, fragte Ilia.
»Liebe«, sagte Patricia.
»Kommt drauf an, oder?«, sagte Ilia.
»Wollen Sie meine Geschichte hören?«, fragte Patricia.
»Okay«, sagte Ilia.
Rita betrachtete Patricias abgekaute Fingernägel, die geplatzten Äderchen in ihren Augen, die schnellen Bewegungen ihrer Pupillen, das Tattoo an ihrem Hemdkragen.
»Nun«, begann sie, »ich wohne in einer Remise in Linden-Süd. Es ist ein Haus im Schatten zweier Häuser. Aber wun-

derschön. Der Efeu wächst. Die Fahrräder stehen unter einem Dächlein. Im unteren Stockwerk sind die Küche und das Bad, im oberen habe ich ein Schlafzimmer. Es ist nicht groß. Kaum mehr als fünfzig Quadratmeter Wohnfläche. Die Möbel haben sich über die Jahre angesammelt, genauso das Geschirr, die Lampen, also irgendwo vom Flohmarkt oder von Dithmar's Kaufhaus, als es das noch gab, hinten in der List, aber das hat leider zugemacht. Meine Großeltern sind in den Sechzigern nach Linden gezogen, wie viele aus dem Ahrbergviertel. Mein Großvater hat bei Telefunken gearbeitet, meine Großmutter bei Bahlsen. Sie hat mir mal einen Keks gegeben. Ich erinnere mich, wie ich in einem Auto saß und aus dem Rückfenster schaute. Ich sah einen Bienenstock, ich sah einen Raben. Obwohl ich streng genommen nicht aus Spanien komme, verstehe ich die Sprache und kann sie sprechen. Das liegt an meiner Erziehung. Das ist nun schon eine Weile her. Als die Straßen vereisten, konnte ich weniger Fahrrad fahren. Da bin ich ins Fitness-Center gegangen. Dafür habe ich mir elastische Leggins gekauft und ein pinkes Top von Nike. Ich mag es, mich im Spiegel anzuschauen, wenn meine Muskeln angespannt sind. Meistens höre ich Podcasts, wenn ich Sport mache. Mich interessiert eigentlich alles, aber vor allem Wirtschaft und Neurowissenschaften. Ganz lange war ich in einer Beziehung mit einem Mann aus der List. Er hat mich in der Remise besucht, ich war selten bei ihm. Einmal war ich spontan bei Dithmar's, habe ihn angerufen, aber er ist nicht ans Telefon gegangen. Er war noch mit einer anderen Frau zusammen, die nicht wissen durfte, dass wir auch zusammen waren. Mit der anderen Frau teilte er sich eine Wohnung. Es war nicht so schlimm. Ich habe ihn geliebt. Aber dann sind sie gemeinsam weggezogen, ich glaube, nach Münster oder nach Gießen, der Mann war schlau und hat an der Uni gearbeitet. Er war mein Tutor. Dann hat er sich für eine neue Stelle beworben, weil das schwierig ist für Akademiker, wo sie arbeiten können. Jetzt unterrichtet er in Münster oder Gießen. Er kannte sich gut mit ETFs und schlecht mit Oralverkehr aus. Egal wie häufig ich ihm gesagt habe, dass ich es nicht mag, wenn er mir einen Finger in den Po steckt, er hat nicht damit aufgehört. Als er weg war, war ich alleine. Das war im Sommer. Ich habe in einer Nacht zehn Mücken erschlagen und sie über eine Kerze gehalten. Weil sie voll mit meinem Blut waren, sind sie explodiert. Ich bin mit dem Fahrrad bis an die Nordsee gefahren. Ich war campen, alleine, und nachts hat mich jemand an meinem Handgelenk festgehalten. Ich bin weggelaufen und hatte Angst. Es ist nichts passiert. Nur am nächsten Morgen war meine Schlafsackhülle aus dem Zelt verschwunden. Manchmal bin ich unter Freunden und merke, dass sie keine Ahnung von grundsätzlichen Dingen haben, sagen wir: wozu es die NATO gibt. Und trotzdem reden sie darüber. Ich finde das erstaunlich. Das klingt vielleicht vermessen, aber ich habe das Gefühl, dass vor allem Männer keine Ahnung haben, wozu es die NATO gibt oder wer ihr Oberbefehlshaber ist oder warum es immer ein US-amerikanischer Vier-Sterne-General ist, aber dass sie in Gesprächen trotzdem den meisten Platz einnehmen. Muss nicht stimmen. Ich war lange schlecht drauf. Mein Herz war gebrochen. Ich war eine Idiotin gewesen. Ich hatte mich in den Falschen verliebt und gehofft, dass er sich im Zweifelsfall für mich entscheiden würde. Aber für ihn war meine Remise ein Puff, in dem er keinen Eintritt bezahlen musste. Dabei ist diese Remise der Ort, an dem ich lebe und den ich sehr mag. Für mich geht da die Sonne auf. Es gibt schöne Töpfe und Schalen, ich habe ein paar Bücher, die nicht schlecht sind, mein Schuhregal habe ich selbst gezimmert. Wenn ich im Baumarkt bin, weiß ich, was ich kaufen muss. Ich habe einen besonderen Ast gefunden, ihn an die Wand genagelt, und jetzt kann man seine Jacke daran aufhängen. Es riecht nach frischem Tee in der Remise. Licht bricht sich in altem Glas. Aber für diesen Mann waren das nur Elemente eines Puffs. Für ihn waren es Herzen oder Handschellen oder was auch immer für Dinge in Puffs sind, ich kenne keine Puffs. Ich war also wirklich schlecht drauf, denn das Schlimmste war, dass ich angefangen hatte, meine Remise auch als einen Puff zu verstehen. Ich schaute auf das Klingelschild, und dort stand nicht Pérez, dort stand *Erlebniswohnung* oder *Massage*. Es ist nicht schlimm, wenn man jemanden nur ficken will, wirklich nicht. Es gibt Leute, die auch ich nur ficken will, und das machen wir dann. Wir treffen uns und ficken. Es ist nicht schlimm, es ist sogar schön. Aber beide müssen Bescheid wissen, ob es nur ums Ficken geht oder nicht. Es gibt Leute, die treffe ich nur, weil ich mit ihnen reden möchte, oder weil ich mit ihnen Badminton spielen möchte, oder weil ich weiß, dass sie sich regelmäßig Drogen kaufen. Wenn eine Bekanntschaft mit einem Zweck einhergeht, finde ich das unproblematisch. Aber dann sag doch nicht, dass du deine Freundin verlassen möchtest, dann sag doch nicht, dass wir zusammen in den Urlaub fahren, dann sag, dass es hier um Sex geht, und frag mich, ob das so okay ist. Und hör auf, mir deinen Finger in den Po zu stecken. Ich möchte das nicht. Auf jeden Fall meinte dann ein Freund von mir, dass ich genügend Zeit damit verbracht hätte, Trübsal zu blasen, und dass ich mich bei Datingapp anmelden soll, um jemanden kennenzulernen, mit dem es besser wird. Also habe ich das gemacht. Ich habe drei Fotos ausgewählt, auf denen ich schön aussehe, und sie hochgeladen. In die Bio habe ich nichts geschrieben. Etwas in die Bio zu schreiben heißt Verzweiflung. Nach einem Tag hatte ich hundertsiebzig Likes und vierzig Matches, aber die meisten Männer haben mir nur geschrieben, dass sie mich vergewaltigen wollen, was ein Verbrechen ist, weswegen ich ihre Profile gemeldet habe, aber ob es etwas gebracht hat, das weiß ich nicht. Sie werden schon ihre Gründe oder Abgründe für ihr Verhalten gehabt haben. Ehrlich gesagt kann ich mir wenig Nervigeres vorstellen, als ein heterosexueller Mann zu sein. Aber das ist ein anderes Thema. Mit einigen war es schön. Das Schreiben. Mit Sebastian zum Beispiel. Also haben wir uns getroffen.«

»Hatten Sie den Eindruck, dass er high war?«, fragte Rita.

»Nein.«

»Wie war Ihr Date?«

»Super. Sebastian war hygienisch und ein guter Zuhörer.«

»Aber?«

»Wie meinen Sie das?«

»Sie haben gesagt, dass Sie ihm die Stempelkarte beim ersten Date gegeben haben. Auf der Stempelkarte sind zwei Stempel. Dabei gab es kein zweites Date.«

»Doch.«

»Wie bitte?«, fragte Rita.

Obwohl die Idee hinter einem Ufo Burger ist, beim Essen weniger zu kleckern – man versiegelt die Ränder des Buns mit einem Waffeleisen, wodurch die namensgebende Form entsteht –, war Ilias Gesicht mit Gehacktem, Majo und Zwiebeln verschmiert.

»Du hast da was«, sagte Rita.

»Mhw«, sagte Ilia.

»Wir haben uns ein paar Mal getroffen«, sagte Patricia, »aber ich hatte das Gefühl, dass etwas mit ihm nicht stimmte. Oder als sei er nicht wirklich daran interessiert, zu daten. Mehr,

als sei das etwas, was man tun müsste. Ich kann es nicht beschreiben.«
»Also haben Sie die Sache beendet?«
»Manchmal war er vollkommen leer. Als wäre er nur Körper, keine Gedanken. Das Gegenteil von einem Gespenst.«
»Haben Sie diese Geschichte schon häufiger erzählt?«, fragte Rita.
»Ja. Über die Liebe zu reden stabilisiert soziale Kontakte.«
»Können Sie uns den Chat zeigen?«, fragte Ilia.
»Klar.« Patricia suchte ihn auf ihrem Handy.
»Hm«, sagte sie. *Freue mich dann bis gleich :)* war auch in ihrem Chatverlauf die letzte Nachricht. »Wir haben danach noch geschrieben. Und uns ja auch getroffen.«
»Vielleicht hat Sebastian die Nachrichten gelöscht«, sagte Rita.
»Wahrscheinlich«, sagte Patricia, »aber warum?«
»Haben Sie miteinander geschlafen?«, sagte Ilia.
»Nicht wirklich.«
»Vielleicht hat er die Nachrichten auch gelöscht, weil er Angst vor Ihnen bekommen hat«, sagte Rita.
»Oder vor sich selbst«, sagte Patricia.
»Kommen wir irgendwie an diese gelöschten Nachrichten?«, fragte Rita.
»Hoffentlich«, sagte Ilia. Er gab Patricia seine Karte.
»Jonas Hartung, sagt Ihnen das etwas?«
»Nein.«
»*Jonas, 24.*«
»Nein«, sagte Patricia.
»Hatten Sie mal ein Heroinproblem?«
»Auch nicht.«
»Darf ich ein Foto von Ihnen machen?«
»Wofür?«

»Ermittlungen.«
»Okay.«
Rita machte ein Foto von Patricia. »Das wäre es dann«, sagte sie.
»Okay«, sagte Patricia.
»Guter Versuch übrigens.«
»Was?«
»Uns weismachen zu wollen, dass Sie nicht wissen, wie es in einem Puff aussieht.«
»Wie meinen Sie das?«
»Glaubwürdiger zumindest, als uns weismachen zu wollen, nicht zu wissen, ob Münster oder Gießen. Sie haben sogar meinen Kollegen gegoogelt, bevor wir kamen.«
»Das war dumm von mir. Entschuldigung.«
»Wie hieß er eigentlich, ihr Tutor und Freier?«
»Peter.«

19

»Apropos Puff, kannst du mich am Steintor rauslassen?«, fragte Rita.
»Das habe ich nicht ganz verstanden grade.«
»Wer viel kokst, kommt früher oder später in die Verlegenheit, ins Bordell zu gehen. Denn das sind die einzig zuverlässigen Orte in den meisten deutschen Städten, um Drogen zu kaufen.«
»Und woraus schließt du, dass –«
»Die leicht gewölbten Scheine in ihrem Portemonnaie. Als du ihr deine Karte gegeben hast. Ihre Art zu sprechen. Das Paranoide, Sprunghafte, dass sie sich für ihre Lüge entschuldigt hat, Kleinigkeiten. Hier wäre gut.«

»Bis morgen«, sagte Ilia.
»Salut«, sagte Rita.
Sie stieg beim Modellbauladen am Steintor aus. Ilia musste noch zurück ins Büro, um Berichte zu schreiben. Der Modellbauladen war in einem Hochhaus, das einer der berühmtesten Architekten der Welt entworfen hatte. Es gehörte zu den Wahrzeichen der Stadt. Im Volksmund wurde es *Mini Milk Erdbeere* genannt, denn es war ein mehr oder weniger runder, rosa Stängel. In Anbetracht der Zerstörung der Stadt während des Bombardements im Zweiten Weltkrieg wollte besagter Architekt damit ein Denkmal der Zärtlichkeit und Sanftheit errichten, das den Menschen Hoffnung geben sollte.
»Ist da«, sagte der Verkäufer mit breitem Grinsen.
Rita hatte einen Modellbaukasten des 1980er Fiat 131 Abarth Rally im Verhältnis von 1:18 bestellt, der aus Japan geliefert werden musste. Denn die Version des Autos, auf deren Türen die Namen Mouton und Arrii standen, war in Europa vergriffen.
»Röhrl und Geistdörfer wären zu banal gewesen, was?«, sagte der Verkäufer.
»Meinst du den Röhrl, der 1982 kein Problem damit gehabt hätte, gegen Mikkola zu verlieren, aber gegen Mouton schon? Weil sie eine Frau ist?«
»Weichmacher?«
»Tamiya. Danke«, sagte Rita, zahlte und steckte die Sachen in eine mitgebrachte Tüte.
In den Puffs am Steintor konnte sich niemand an Patricia erinnern. Rita betonte, dass sie es ihr ruhig sagen könnten, wenn sie Kokain tickten. Wobei ihr klar war, wie bescheuert das klang.
Auf dem Weg nach Hause ging sie zum Supermarkt. Dort

kaufte sie Lebensmittel. Und eine Plastikbox mit Mini-Donuts. Im Briefkasten waren Prospekte von Baumärkten. Sie schmiss sie weg und die Mini-Donuts direkt hinterher. Die Hausverwaltung hatte ein neues Etikett über den Namen ihres alten Nachbarn geklebt, aber sie konnte das mit dickem Filzstift und in Versalien geschriebene *Hartung* noch deutlich erkennen. Die Lebensmittel gab sie in verschieden heiße Edelstahlgefäße. Auf dem Fensterbrett wuchsen Kräuter. Es schmeckte nach nicht viel. Im Radio Radio.
Rita räumte die große Schneidematte auf ihrem Arbeitstisch frei, stülpte sich weiße Stoffhandschuhe über und öffnete den Karton mit den Einzelteilen des Modells. Sie zog die Bögen und Decalfolien heraus und begann damit, sich einen Plan zu machen. Zunächst die Teile ausschneiden, dann die Aufkleber anbringen. Gurte hatte sie sich separat gekauft. Statt der Frontlichter wollte sie LEDs verbauen, was zwar unüblich war, ihr aber Freude bereitete. Drei Stunden hatte sie sich gegeben, um mit Lupe, Pinzette und Schere heute mit der Arbeit zu beginnen. Dann wollte sie sich hinlegen, um ausschlafen zu können.
Ihr Handy vibrierte. Thorsten Gehlert hatte das Foto eines Einweghandys gepostet, das einer der Anwohner des Ihmeparks gefunden und aufgrund der Anzeige in der HAZ bei der Polizei abgegeben hatte. Gehlert schrieb, dass Tamms Fingerabdrücke auf dem Handy seien, die SIM-Karte aber entfernt. Ha schrieb, dass in den von ihr angesteuerten Läden niemand die Tattoos auf Sebastians Haut wiedererkennen würde. Ilia postete ein Video von einem Waschbären, löschte es aber sofort wieder und schrieb: *Sorry, falscher Chat.*
Beim Zähneputzen hob Rita ihren linken Arm und schaute sich ihre tizianroten Achselhaare an. Im Bett lag sie da. Auch wenn sie wusste, dass das nicht gut war, blickte sie auf ihr

Handy. Ilia hatte ihr geschrieben. Er fragte, ob sie noch wach sei. Rita antwortete, dass sie nicht schlafen könne. Ilia ging es genauso. Er schrieb, dass er den ganzen Abend dieses Lied hörte. *Welches Lied*, fragte Rita. Das Lied, das Jonas Hartung so häufig gehört habe. Das von Taylor Swift. Auf Videoportal fand Rita eine Version des Liedes mit animierten Lyrics. *Was fühlst du*, schrieb Ilia. *Steel Drums*, schrieb Rita. Die Straßenlaternen warfen orangenes Licht in ihr Zimmer. Michèle Mouton flog in Zeitlupe über eine Schotterpiste. Jemand schwenkte ein Glas Rosé. LEDs, pinkes Licht, der Körper eines nackten Mannes. Sie stellte sich vor, wie die Stoßstange des Fiats gegen ihren Kopf knallte. Genauer gesagt den Moment kurz davor. Und dann den Moment kurz danach. Und dann den Moment kurz davor. Und dann den Moment kurz danach. Ohne einzuschlafen.

Milan

Der rechte Arm des Burschen hatte schon die ganze Nacht über sein Unwesen getrieben. Beziehungsweise seine Hand. Mal lag sie auf Annas Hüfte, dann auf ihrem Po, selbst zwischen ihre Schenkel hatte sie sich schieben wollen. Jetzt hatten es diese dilettantischen Finger auf ihr Schlüsselbein abgesehen, aber nicht nur das, sogar eine Brust wurde gequetscht. Spürte sie das richtig? Auch noch Küsse? Eine Polizeisirene war zu hören. Ein Knabbern am Ohrläppchen. Sollte sich Anna etwa umdrehen und den Räuber ihrer Nachtruhe zum Dank auch noch liebhaben?

Sex.

Als es an der Tür klingelte, lagen die beiden verschwitzt ineinander verkeilt. Ein Blick auf den Wecker verriet, dass es noch zu früh war, egal wofür. Milan, dem sowohl die Hand wie die Wohnung gehörten, rollte mit den Augen und sich aus dem Bett, um zu schauen, wer störte. Er zog sich einen Jogger und einen Pulli über und schlüpfte in seine Latschen. Anna schlich ihm in eine Decke gewickelt hinterher. Vor Milan standen zwei Polizisten.

»Was los?«, fragte Anna.

Im Ihmepark war die Leiche eines jungen Mannes gefunden worden. Die Polizisten wollten wissen, ob sie etwas gesehen hätten, und nahmen ihre Namen auf.

»Wir haben geschlafen«, sagte Milan.

»Von Ihrem Balkon aus hat man einen guten Blick auf den Tatort. Jedes Detail könnte hilfreich sein«, sagte einer der Beamten.

»Ich habe den Abend auf meinen Laptop geschaut«, sagte Milan.

»Und Sie, haben Sie vielleicht etwas gesehen, Frau Utelka?«, fragte der Polizist.

»Etelka«, sagte sie.
»Entschuldigung, Frau Etelka.«
»Mir ist etwas aufgefallen«, sagte Anna.
»Und zwar?«, fragte der Polizist.
»Dass die Mütze Ihres Kollegen, der da hinter Ihnen steht und nichts sagt, einen Tick zu groß ist.«
»Wie bitte?«, sagte der Polizist, dem die Mütze zu groß war.
»Sieht aus, als hätte man einer Möhre eine Bananenschale aufgesetzt.«
Die beiden Männer zogen ihre Gürtel mit Knüppel, Taschenlampe und Pistole ein Stückchen höher.
»Das dürfen Sie nicht sagen«, sagte der Polizist, dem die Mütze zu groß war.
»Oh«, sagte Anna.
»Ja. Oh«, sagte der Polizist, dem die Mütze zu groß war.
Eine Stille entstand.
»Also nichts gesehen? Keine Inliner-Fahrer?«, sagte der andere Polizist.
»Inliner-Fahrer?«, fragte Milan.
»Oder Inliner-Fahrerinnen?«, fragte Anna.
»Oder Inliner-Fahrerinnen«, sagte der Polizist, dem die Mütze zu groß war.
»Nichts gesehen«, sagte Anna.
Wieder entstand eine Stille.
»Gut«, sagte der andere Polizist und gab Milan eine Karte, falls er sich doch noch an etwas erinnern könnte.
Als sich die Wohnungstür hinter den Beamten schloss, verfiel Milan in sein Milan-typisches Gelächter. Beide schlurften zum Balkon, um zu schauen, was vor sich ging. Zwei Hanseln liefen über eine Wiese und sammelten Kronkorken auf, machten Fotos, sprachen in ihre Handys. Eine Leiche lag an einen Baum gelehnt, doch die konnten sie nicht richtig

erkennen. Anna Etelka winkte Ilia und Rita zu, doch die beiden beachteten sie nicht.
»Zieh dir mal die Hose runter«, sagte Anna.
»Warum?«, fragte Milan.
»Ziehst du dir jetzt die Hose runter!«
Milan zog sich die Hose runter.
»Und jetzt dreh dich um.«
Er drehte sich um. Anna schlug ihm auf den Arsch.
»Aj!«, schrie Milan, »was sollte das denn?«
»Das bringt Glück bei den Ermittlungen, wusstest du das nicht?«, sagte Anna. »Weck mich bitte um elf mit einem Croissant.«
»Aj«, sagte Milan. Anna ging ins Bett. Er setzte sich auf den Stuhl in seinem Arbeitszimmer und las eine Mail an die Personalchefin einer Tochterfirma von VW Korrektur, wobei er die leichte Schärfe im Ton, die sich am Vorabend eingeschlichen hatte – denn die Kommunikation erwies sich als zäh und von vergessenen Anhängen, CCs anstelle von BCCs und Doppelt- und Dreifachanfragen geprägt –, wieder tilgte, denn warum sollte er seinem Frust in einer E-Mail Luft machen? Schlechter Stil wurde in der Anwaltskanzlei, bei der er gerade ein Volontariat machte, nicht geduldet.
Anna hatte nun rechtmäßigen Zugriff auf zwei Decken, kuschelte sich ein und versank binnen weniger Minuten in tiefen Schlaf. Um kurz vor elf schreckte sie hoch.
»Nein!«, rief sie laut.
Milan kam ins Schlafzimmer gelaufen. »Was ist denn?«, fragte er.
»Keine Croissants!«
»Sondern?«
»Lass uns zu dem iranischen Supermarkt gehen!«
»Aber –«, sagte Milan, der die Knack&Back-Dose bereits geöffnet hatte.

»Heute ist so ein Tag, der mit Lammhirn beginnen sollte.«
»Meinst du?«, fragte Milan in Gedanken an blattdünne Schichten Plunderteig mit vor Hitze zerschmelzender Butter und Mandelmus.
»Und Tee.«
Beim Sirin Supermarkt auf der Limmerstraße gab es Kebab mit Tahdig, wovon Anna für sich und ihre Begleitung jeweils einen Teller bestellte, dazu ein Sandwich mit Lammhirn (wohl nur, um ihrer morgendlichen Mikroepiphanie gerecht zu werden, denn von den beiden großen Hauptgerichten nicht satt zu werden, erschien nahezu unmöglich) und eine persische Kaffeelimonade mit Apfel-Geschmack. Während Milan sich noch schwer damit tat, den Hackfleischspieß mit roher Zwiebel wertzuschätzen, mampfte Anna genussvoll. Sie unterhielten sich über den kuriosen Vorfall des Morgens, den Mord, der vor Milans Fenster anscheinend stattgefunden hatte. Was da wohl passiert sei, fragte er. Anna ließ sich auf keine Spekulationen ein. Krankhaft über etwas nachzugrübeln, von dem man soundso nicht wüsste, was der Fall sei, führte ihrer Meinung nach geradewegs in eine psychotische Persönlichkeitsstörung. Wie sie das meinte, wollte Milan wissen, dem diese Aussage selbst für Anna, die er zwar kaum kannte, aber auf eine Art schon doch auch kannte, oder?, als etwas übertrieben erschien. Man müsste aufpassen, worüber man nachdachte, sagte Anna, das wäre alles.
Ihre Unterhaltung wurde davon gestört, dass eine Taube in das Supermarktrestaurant flog. Man versuchte sie mit einem Pappkarton zu fangen und wedelte ihr mit einer Kelle hinterher. Einige Gäste filmten das Szenario mit ihren Handys. Immer wieder flog die Taube gegen die Fensterfront des Essbereichs und gurrte. Anna knabberte den letzten Rest Fleisch von ihrem Kebabspieß und warf ihn dann mit einer

unwirklich schnellen Bewegung nach dem Vogel. Da ein Kebabspieß jedoch viel zu leicht ist, um das Gefieder einer Taube zu durchstoßen, passierte weiter nichts. Außer dass die Taube (und der Rest des Lokals) sich nach Anna umschauten.
»Geh jetzt bitte«, sagte Anna zu der Taube, die daraufhin zur Tür hinausflog, »und wir hätten gerne gezahlt.«
Sie gab üppiges Trinkgeld und Milan zum Abschied einen Kuss auf die Wange.

Zwei

1

Der Polizist mit der zu großen Schirmmütze hieß Gerd Lampe. An seiner Klingel im Hausflur hatte er einen roten Warnhinweis angebracht, diese nicht zu verwenden, um Licht zu machen. Was erstaunlich oft passierte. Weil er Lampe hieß. Er betrachtete sich im Spiegel über dem Sekretär neben der Eingangstür. War ihm die Mütze wirklich zu groß? Er hatte sie sich nicht ausgesucht. Sie war ihm gegeben worden. War sie sinnbildlich zu verstehen? War er den Aufgaben nicht gewachsen, die das Leben ihm stellte? Schrumpfte er? Alles, was er in seinem Spiegelbild erkannte, war Schlappheit. Langsam fuhr er mit Zeigefinger und Daumen über den Schirm der Mütze. Er hatte gehofft, sie verleihe ihm Schneid oder vielleicht sogar Würde. Seiner Nase entfuhr ein Hm. Er legte die Mütze neben ein Paar Kopfhörer, bei dem auf der einen Seite das Ohrpolster aus Gummi verlorengegangen war, und schmiss seinen Gürtel auf die Couch in der Küche. Dann setzte er sich an seinen Laptop, um Essen zu bestellen. Instinktiv machte er bei allen Gerichten ein Häkchen, in denen das Wort Chicken vorkam. Eigentlich zu viel für eine Person, aber da er einen Rabattcode im Internet gefunden hatte, mit dem er 35 % weniger bezahlen musste, ließ er sich im Glauben, sich einen Gefallen zu tun, alles kommen.

Während er auf das Essen wartete, wischte er durch sein Datingapp-Profil. Er hatte sich vorgenommen, die App bloß noch am Abend für eine halbe Stunde zu benutzen, da er gelesen hatte, dass das den Algorithmus positiv beeinflusste. Drei neue Personen hatten ihn in den letzten vierundzwanzig Stunden gelikt. Zwei davon entsprachen nicht seinen Schönheitsidealen. Die dritte hatte ihren Namen als *Peter, 23* angegeben, und auch, wenn Gerd das Spiel mit Geschlechtszuschreibungen meist nicht besonders mochte, fand er ihren Kopf hübsch und wischte nach rechts. War es das Ölgemälde des toten Matadors, über das sie in fetter Helvetica *Dream Boy* geschrieben hatte, oder waren es die Austern, die sie auf einem Markt irgendwo, wo es sonnig war, schlürfte? Sie hatte was. In ihrer Bio stand: *Nimm Dir eine Frau, wie Du selbst bist.* Wusste er jetzt nicht, was das bedeutete. Aber war ihm vorerst auch egal.

Was sie an seinem Profil wohl mochte? Er war sportlich, er war lustig, er hatte ein Bild von sich in Uniform. Das machte was her.

Hey Peter :), begann er eine Nachricht, aber das war Schrott. Er musste sich etwas Besseres einfallen lassen. Sie mochte Kunst und gutes Essen. Sie war irgendwie ironisch. Er war ein Streifenpolizist. Was gab es für Optionen?

Lust auf Knast?, tippte er, aber dann fiel ihm keine Pointe ein, und er löschte die Nachricht wieder. *Fällt Dein süßes Lächeln schon unters WaffG?*, tippte er und dachte dann: Nein, zu martialisch. *Fällt Dein süßes Lächeln schon unters BtMG*, tippte er und dachte dann: Aber was, wenn ihr diese Abkürzungen nichts sagen? Sie auszuschreiben kam ihm überfrachtet vor. Ein GIF, das könnte es sein, aber was, wenn sie ein GIF zurückschicken würde, dann wären sie wieder bei null, und er müsste sich trotzdem etwas einfallen lassen. Man sollte ein paar Schritte vorausdenken, planen, taktieren. Am besten, man schreibt eine kurze Nachricht, die sowohl Lob als auch Frage ist. Vielleicht etwas mit ihrem Namen, Peter, aber nein, das machten sicher alle. Das war, als spräche man jemanden auf einen Hund im Foto an. Anfängerfehler. Nicht mit ihm. Außerdem wollte er in keine Gewässer tauchen, in denen er nicht zu schwimmen vermochte. Er schmiss sein Handy vor sich auf den Küchentisch und bündelte all seine Konzentration.

Hey Peter :), begann er von Neuem, *cool, dass Du das Du in Deiner Bio mit großem D geschrieben hast. Ist Dir Rechtschreibung wichig?*
Es klingelte an der Tür, und aus Panik, dass die Person vom Lieferservice sehen könnte, wie er an einem Opener verzweifelte, und weil die Selbsterniedrigung und Not, in die er sich hineingesteigert hatte, an den Rändern bereits in eine seltsame Form von Hass auf Peter auszufransen drohte, drückte er auf Senden. An der Tür nahm er das Essen entgegen und wollte den Lieferboten am liebsten anfauchen, dass er, ja, all dieses Essen nur für sich selbst bestellt hatte, aber was das ihn denn anginge! Außerdem, wer weiß, vielleicht hatte er Gäste! Er schloss die Tür hinter ihm, und kurz darauf klingelte es. Der Lieferbote starrte ihn an.
»Licht ist der andere Knopf«, sagte Gerd.
»Oh«, sagte der Lieferbote und drückte auf den Lichtschalter. Gerd verteilte die Unmengen an Hähnchenteilen auf zwei Teller und holte ein Fläschchen mit Chilisoße aus dem Kühlschrank. Schlagartig wurde ihm bewusst, was er getan hatte. Er öffnete Datingapp und las sich den Satz durch, den er gerade abgeschickt hatte. Ein Kataklysmus. Ein verführungstechnischer Kataklysmus. Technisches K.o. nach Betreten des Rings. Scham übermannte ihn. Wahnsinn ergriff ihn. Wie könnte er sich retten? Konnte er sich retten? Nie im Leben würde Peter darauf antworten, warum auch, was auch? Und neben aller Idiotie, die diese Nachricht inhaltlich schon ausdrückte, dem kognitiven Komplettversagen, mit dem er sich nun konfrontiert sah, hatte er *wichtig* auch noch falsch geschrieben. *Ist Dir Rechtschreibung wichig*, stand da. Vielleicht Überkompensation? War das eine Möglichkeit? Vielleicht, vielleicht war sein Liebesleben noch zu retten. In einem Fieber schickte er etliche weitere Nachrichten.

Wichtig, meine ich.
LOL
Hahaha.
Also mir ist Rechtschreibung wichig, wie Du siehst.
Sehr wichig!
Oh man.
Na ja.
Hat mich voll gefreut, dass wir gematcht haben.
Kannst dich ja einfach melden.
Dich!
Also mit großem D!
Hahaha.
Dein Gerd.
Bzw. einfach Gerd
Wir kennen uns ja gar nicht
Also nicht Dein Gerd
Sondern ein Gerd
Irgendein Gerd
Oh man
Na ja
Have a nice eve
Nachdem er die letzte Nachricht abgeschickt hatte, zwang er sich dazu, das Handy wegzulegen. So was konnte passieren. Alles halb so schlimm. Jetzt einfach was essen und fünf bis sieben Stunden auf den Laptop gucken. Momentan spielte er ein MMORPG namens *China*, bei dem man einen von 1,4 Milliarden Charakteren auswählen konnte, um den Alltag in dem namensgebenden Land zu simulieren. Er levelte einen Jungen, der an der Grenze zur Mongolei mit anderen Kindern Verstecken spielte und sich zum Geburtstag ein Mountainbike wünschte.

2

Die Oper Hannover lag am Aegidientorplatz in einem nahezu vollständig verglasten Gebäude, das zwischen 1998 und 2002 gebaut worden war. Sie gehörte zu den modernsten Opern Europas. Die Niedersachsen waren ähnlich stolz auf sie wie die Osloer auf ihre Snøhetta und die Portoer auf ihren Koolhaas. Entworfen wurde sie von den Behnisch-Architekten, deren Anspruch es gewesen war, soziale Barrierefreiheit zu gewährleisten. Denn die meterdicken Steinwände, Säulen, Skulpturen, Torbögen und Vorplätze der Opern Europas konnten nur ein Ziel haben, so waren sich die Behnisch-Architekten einig, nämlich diejenigen fernzuhalten, die diesen Schutzwall gegen kulturell Unzugehörige nicht zu überqueren wagten. Architektonisch sei die Aussage des Gros dieser Bastarde aus Kathedrale und Kaserne klar: Wer ins Innerste will, muss sich das hart erarbeitet oder ererbt haben. Dem Rest wurde nahegelegt, sich ob ihres Unverständnisses und ihrer Geschmacklosigkeit zu verkrümeln. Es war kein Zufall, dass Opernhäuser und Theater so häufig Schauplatz politischer Anschläge wurden. Nirgends zeigten sich die Probleme einer Gesellschaft, die Gemeinschaft aus Herkunft produzierte, deutlicher als hier. Es war keine solidarische Sehnsucht nach Spiel, Ritual und Exzess, die sich in den darstellenden Künsten manifestierte, sondern eine nach Ausgrenzung.

Daher wählten die Behnisch-Architekten für ihre Oper diese offene Form, den verglasten Jengaturm, der keinen Stolz und keine Geheimnisse zulassen sollte. Mitten in der Stadt, ohne Vorplatz, sondern geschwisterlich eingereiht zwischen Wohnbauten, Nahverkehr und Einzelhandel. Ein Ort des Mittelstands. Denn dafür könnte Hannover doch stehen,

für einen Mittelstand des Miteinanders, dank dem sich die Schere zwischen Hartz 5 und Quandt einfach schließen ließe. Für eine Nation jogginghosentragender Bausparer mit breitem Interesse an E- und U-Musik, Lastenfahrrädern und Solarpanelen.
»Haste mal was gesehen?«, fragte Ilia im Fahrstuhl.
»Das ein oder andere«, sagte Rita.
Die Regieassistentin Shirin Teile erwartete sie in der vierten Etage. Gerade war Probe. Das Orchester und das Gesangsensemble saßen auf ihre Arbeitsplätze verteilt, die denen eines Großraumbüros ähnelten. In Parzellen, die durch dünne Wände voneinander getrennt waren, starrten sie in ihren Drehstühlen auf Notenständer. Die Dirigentin und der Regisseur hatten eigene Räume, ihre Umrisse waren bloß hinter Lamellenvorhängen zu erkennen. Rita beobachtete die Dirigentin, wie sie ihren Taktstock unter der Last eines Dvořák-Allegros wedelte. Der Regisseur saß mit der Hand vorm Mund grübelnd versunken. Eine Frau im Jumpsuit stand in der Kaffeeecke und wartete, dass Tee fertig zog. Als sie Rita und Ilia erblickte, winkte sie ihnen zu. Die beiden schlichen durchs Instrumentengeheul.
»Das dachte ich mir schon, dass Sie das sind«, sagte Shirin. »Kann ich Ihnen etwas anbieten?«
»Nein«, sagte Rita.
»Einen Kaffee«, sagte Ilia.
»Gerne.« Shirin pumpte braune Flüssigkeit aus einem stählernen Fünf-Liter-Gefäß und fügte ohne zu fragen Milch und Zucker hinzu.
»Danke«, sagte Ilia. Auf dem Becher war das Logo des Gelsenkirchener Fußballvereins Schalke 04 abgedruckt.
»Es sei denn, Sie sind 96-Fan?«, fragte Shirin.
»Ach«, sagte Ilia, »es ist schwierig.«

Shirin legte ihren Kopf leicht zur Seite und lächelte. Ilia machte ein balzendes Schlürfgeräusch.

»Wir sind hier, um mit Ihnen über Sebastian Tamm zu reden«, sagte Rita.

»Sebastian, ja«, sagte Shirin, »eine Tragödie.«

»Ist das so?«, fragte Rita.

»Als wir davon gehört haben, waren wir ganz schockiert.« Nach einer Pause fügte sie hinzu: »Wir haben auch ein Posting bei Social-Media-Netzwerk gemacht.«

»Standen Sie sich nah?«

»Das ist schwer zu beantworten. Wir haben acht Wochen zusammen geprobt, ab und an einen getrunken. Auch wenn ich nicht viel über ihn wusste, fand ich ihn doch«, sie stockte, »reizend.«

»Hatten Sie nach der Premiere des *Mädchens mit den Schwefelhölzern* noch Kontakt?«

»Bei den Vorstellungen.«

»Also Sie waren kein Paar?«

»Entschuldigung?«

»Oder ist es normal, dass eine Regieassistentin mit den Statisten Kontakt hat?«

»Ja.«

»Was hat er zuletzt für einen Eindruck auf Sie gemacht?«

»Er war jemand, der am Strand steht und seinen Schatten beobachtet, während die Füße im Sand versinken.«

»Wie meinen Sie das?«

»Sebastian liebte den Wind und das Hinsetzen.«

»Also war er ein was, ein Träumer?«

»Seit Ausbruch des Krieges hatte er jede Nacht Alpträume. Eines Morgens hat er mir erzählt, dass er von einem Freund geträumt hat, der im Rollstuhl saß. Er musste seine Füße waschen, aber sie bestanden nicht aus Fleisch, sondern aus

Leim und Sand. Darum konnte er sie nicht waschen. Sie wurden in seinen Händen zu Matsch. Er versuchte, sie irgendwie zusammenzuhalten. Aber sie stanken so, dass ihm noch beim Erzählen des Traums vor Würgereiz Tränen in die Augen stiegen.«
»Drogen?«
»Er hatte ein gutes Gedächtnis und ein großes Herz.«
»Ob er Drogen genommen hat.«
»Das weiß man nicht, oder?«
»Und Sie?«
»Die Probenarbeit kann nervenaufreibend sein, da die Regisseure Choleriker sind. Es gibt viel Sex und Machtmissbrauch, häufig fällt das auch zusammen, Rassismus ist ein Problem. Ein elendes Problem, für das es an düsteren Tagen keinen Ausweg zu geben scheint, außer, dass eine Menge Menschen sterben und mit ihnen ihre Ansichten. Viele im Ensemble hassen sich oder wollen sich ficken. Auch das fällt manchmal zusammen. Wenn man sich während der Endprobenphase da mal 'ne Lorazepam klinkt, wer kann es einem verübeln?«
»Ich«, sagte Rita.
»Aber Sie haben das im Griff?«, fragte Ilia.
»Sicher.« Wieder neigte sie ihren Kopf leicht zu Seite. »Oder muss ich jetzt ins Gefängnis?«
Paukenschläge waren zu hören.
»Woher bekommen Sie die Benzos?«
»Von meinem Arzt. Wegen der Panikattacken«, sagte Shirin.
»Doktor Happy?«, fragte Rita.
»Darf ich die Aussage verweigern?«
»Dürfen Sie.«
»Haben Sie sonst etwas mitbekommen?«, fragte Ilia, »hatte Sebastian Stress zu Hause, mit Freunden, mit Leuten vom Haus?«

»Wenn, hat er nichts davon erzählt. Als ich ihn das letzte Mal getroffen habe, deutete er an, jemanden kennengelernt zu haben.«

»Patricia?«

»Einen Namen hat er nicht genannt. Es war irgendwie online. Für mich wäre das nichts. Aus einer Liste von Fotos Körper auszuwählen, deren Geschlechtsteile man zufällig gerade mag, und dann versuchen, einander so schnell wie möglich zu vernichten.«

»Und am Haus, in der Produktion?«

»Vielleicht sollten Sie mit Ernst reden.«

»Ernst?«

»Unser Chorleiter Ernst Habicht. Die hatten eine Auseinandersetzung.« Shirin machte eine Pause. »Ernst kann, er hat manchmal Probleme mit«, wieder stockte sie, »er kann hart sein.«

»Hart?«, fragte Rita.

»Ich glaube, er hatte sich in Sebastian verguckt.«

»Danke, Frau Teile«, sagte Rita.

»Noch etwas anderes«, sagte Ilia, »wie macht das Orchester das eigentlich, zu proben, ohne die Dirigentin zu sehen?«

»Verstehen Sie etwas von Musik?«, fragte Shirin.

»Nicht wirklich«, sagte Ilia.

»Haben Sie sich schon mal gefragt, wozu es eine Dirigentin oder einen Dirigenten überhaupt gibt?«

»Ja.«

»Und was war Ihre Antwort?«, fragte Shirin.

»Dass man das braucht, um alles zusammenzuhalten. Jemand, der einen Überblick hat.«

»Das stimmt eben nicht. Ein Orchester braucht keine Direktion. Die haben Ohren und eine Partitur. Die Wahrheit ist, dass der Dirigent ein Überbleibsel ist. Vor allem heute, wo so viel digital möglich ist. Ein Anachronismus. Allerdings haben Marktforschungen ergeben, dass das Publikum einem Orchester ohne Direktion weniger zutraut und dass es schlechter besucht wird. 99 % der Leute, die ins Konzert oder in die Oper gehen, können eine Posaune nicht von einem Martinshorn unterscheiden. Wenn man so will, ist der Dirigent das Etikett, das auf die Weinflasche geklebt wird. Wobei alte weiße Männer ausgeblichene Etiketts mit Serifenschrift und Abbildungen eines Chateaus sind und so weiter.«

»Und so weiter?«, fragte Rita.

»Wahrscheinlich liegt es daran, dass Orchester gemeinhin sinnbildlich für die Gesellschaft verstanden werden und wir uns eine Form des Miteinanders ohne zentrale Leitung kaum oder nur schwer vorstellen können.«

»Interessant«, sagte Ilia.

»Beziehungsweise ist es super anstrengend, Kompetenzen und Errungenschaften in einer Gruppe ernsthaft zu entwirren. Von daher sagt man einfach, dass Karajan ein Ausnahmetalent war, und erspart sich und seinem Publikum die Komplexität der Wirklichkeit.«

»Wo finden wir Ernst Habicht?«, fragte Rita.

»In der Kantine«, sagte Shirin.

»Falls etwas ist«, sagte Ilia und gab ihr seine Karte.

3

Die Kantine der Oper Hannover erinnerte stark an die einer Strafvollzugsanstalt. Tische und Hocker waren aus elfenbeingrau lackiertem Blech und fest im Betonboden verschraubt. Über Lautsprecher, die in den Ecken hingen, wurden Klingelzeichen und sonstige Ansagen der Inspizienz durchgegeben. Technikerinnen, Musikerinnen und Tänzer saßen in Grüppchen beieinander, verschwiegen, grimmig, verschworen. Die Essensausgabe war hinter einem langen Tresen, an dem man sich mit einem Tablett anstellen musste. Es gab eine elektrische Kaffeemaschine, eine gekühlte Vitrine mit Softdrinks und kein Tageslicht. Wählen konnte man zwischen einem Tagesgericht mit oder einem ohne Fleisch, das für Gäste 13 und für das Ensemble 9 Euro kostete. Gottlos blubberte das Essen in Kübeln hinter einer Glasfront. Wer wollte, bekam einen roten Früchtetee gratis.

»Hunger?«, fragte Ilia.

»Nein«, sagte Rita.

Im hinteren Teil des Raums hatte sich ein Pulk gebildet. Rufe waren zu hören, aus denen die Namen Purcell und Palestrina herausstachen. Ein schlaksiger Mann mit wirrem Haar beharrte auf Ersterem. Er sei der Meister, Henry Purcell. Während der andere, ein zwergenhafter Titan im weißen T-Shirt, Palestrina brüllte. Spuckewürmchen flogen auf die, die versuchten, sich zwischen sie zu drängen. Mit einem Mal fegte der Titan die Überreste seines Essens vom Tablett und schlug damit auf den schlaksigen Mann ein. Erst ins Gesicht. Dann auf den Hinterkopf. Schützend verschränkte dieser die Arme.

»Alarm! Alarm!«, riefen die Umstehenden.

Tumult.

Erst als Ilia seine Marke zeigte, kehrte Ruhe ein. »Kriminalpolizei Hannover«, sagte er.

»Musste gleich die Polizei rufen? Falln dir keine Argumente mehr ein, ja?«, sagte der Titan, bevor Ilia ihm Handschellen anlegte.

»Wir suchen Ernst Habicht«, sagte Rita.

»Na da haben Se Glück gehabt, der bin nämlich ich.«
»Irgendwas, das Sie uns zu Ihrem Streit hier sagen können?«
»Ach wissen Se, Ihnen das zu erklären wär vergebene Müh, oder verstehn Se was von Musik.«
»Wagen Sie es«, sagte Rita.
»Der Martin, mit dem ich da gerade in 'n Streit geraten bin, also die Vogelscheuche dahinten, wissen Se, der hat die dollsten Ideen. Und manchmal, wie's heißt, schlägt mir das auf die Kerbe. Sagt der doch, dass das Erbe von Henry Purcell g'wichtiger wär als das von Palestrina, Giovanni jetzt, und das 's so 'ne Sache, wenn man hier arbeitet, und zwar schon 'n Weilchen, und jetzt nicht einfach 'n Fan von Musik ist, sondern einer, der hier ar-bei-tet, nich' als Gelehrter oder was, sondern der die Musik liebt, lebt, sie versucht zu gestalten, verständlich zu machen, aber so was sagt, so was sagt wie der Martin, so 'n Stuss, da kann ich ungemütlich werden. Dass so 'n Grobian es ins Orchester schafft, das zerreißt mir's Hirn, echt, weil dann weiß ich, dann weiß ich genau, wohin es geht, und zwar bergab, steil bergab. Wissen Se, ist ja okay, wenn Se zu Hause Ihren Purcell mal hören, können Se ja machen, hab ich nichts dagegen, mach ich ja auch, oder wenn ich mal wirklich besoffen bin, klar träller ich da mal *Dido and Aeneas*, aber doch im Wissen, dass 's 'ne Schweinerei ist, nicht ohne Reiz, wie alle Schweinereien, aber 'ne Schweinerei allemal, und auf 'er Arbeit hat das nichts zu suchen. Weil da sind wir auch im Auftrag der Steuer. Oder was kommt als Nächstes? *Winterreise, Kindertotenlieder, Welt ick bin dir abhanden jekommen*? Können wir ja gleich *La Vie 'n Rose – Das Edith Piaf Musical* auf den Spielplan setzen. Na ja, und da hab ich die Schnauze eben manchmal voll, wenn ich weiß, der Martin und all die anderen Flitzpiepen, die sitzen hier in 'ner Kantine und schwärmen von ihrer Traurigkeit, und Traurigkeit,

das sag ich Ihnen, Weltschmerz, wenn Se so wollen, das ist nichts anderes als wie Faulheit. Wehmütig, gerührt oder niedergeschlagen, das kannste vielleicht im *Lettre International* sein oder auf der Biennale in Venedig, aber doch nicht in der Oper! Die neue Generation, wissen Se, die wollen nicht mehr denken, die wollen nur mehr fühlen. Und mit ihren Gefühlen dann am besten noch in'e Politik gehen! Kaum gibt's Krieg, tun se so, als hätte das was mit den Akkorden zu tun, die vor hundertfünfzig Jahren mal wer auf 'n Blatt gepinselt hat. Da wird mir gelinde gesagt übel. Würde sich ja auch keiner wünschen, dass unsere Regierungschefs mit 'ne Bild von 'ne Schneesturm zum G7-Gipfel reisen, um die Situation an den Europäischen Ostgrenzen zum Ausdruck zu bringen. Ich sag Ihnen, hier im Publikum saßen schon die schlimmsten Kriegstreiber Ärmel an Ärmel mit Friedensnobelpreisträgern, aber geweint hamm se beim selben F-Dur.«

»Eigentlich wollten wir Sie wegen einer anderen Sache befragen, Herr Habicht«, sagte Ilia.

»Ahso, dann sagen Se doch Stopp, muss ich Ihnen ja nicht so 'ne Chipstüte aufreißen, wenn Se geschäftlich da sind«, sagte Habicht.

»Schwere Körperverletzung«, sagte Rita.

»Willste Anzeige erstatten?«, rief Ernst Habicht durch den Raum.

»Passt schon«, röchelte Martin.

»Glaub ich jetzt erst mal nicht, dass es für mich ins Kittchen geht. Wenn Se also so gut wären und mir die Handschellen -?«

Missbilligend schloss Ilia ihm die Handschellen auf.

»Womit kann ich dienen?«

»Sebastian Tamm.«

»Mh«, sagte Ernst Habicht. Er umfasste seine Handgelenke.

Ilia und Rita schauten ihm auf die Fäuste. Auf die linke war eine Pauke tätowiert, auf die rechte eine Trompete. Ganz ähnlich wie die in Sebastians Notizbuch.

»Der Militärisch-Musikalische-Komplex, wenn Se verstehen«, sagte Habicht, »hab ich mir selbst gestochen.«

»Nee, verstehen wir nicht«, sagte Rita.

»In der Premierennacht vom Lachenmann, was ist da zwischen Ihnen und Herrn Tamm vorgefallen?«, fragte Ilia.

»Ja, ich habs gelesen, dass Se den Kleinen tot aufgefunden haben. Finster. Wirklich finster. War 'n netter Kerl.«

»Hatten Sie schon vorher probiert, mit ihm ins Bett zu kommen, oder war das der erste Versuch?«, fragte Rita.

»'n schöner Kerl, das auch.«

Sebastian Tamm hatte auf der Hinterbühne gestanden. Der Applaus war vorbei. Drei Mal war er nach vorne gegangen, um sich zu verbeugen. Seine Wangen hatten geglüht. Er war stolz. Er trank ein Glas Sekt, ein zweites. Sie standen im Innenhof der Oper. Die Intendantin erklärte im Foyer den Lachenmann, das *Mädchen mit den Schwefelhölzern* und den Einfluss von Gudrun Ensslins Briefen auf das Atonale. Mit erhobenem Glas bat sie die Hauptpersonen des Abends vorzutreten. Sie gab ihnen Blumen und einen Luftkuss. Die Spannungen, die es zwischen dem Haus, dem Orchester, den Solisten, der Regie, der Bühne, dem Kostüm und der Maske gegeben hatte, wurden mit aller Gewalt nichtig getrunken. Die Statisten standen im Innenhof der Oper. Sie rauchten und lachten. Niemand wusste, wer sie waren. Nur der Chorleiter Ernst Habicht hatte sie gleichwertig behandelt. Als Mitarbeiterinnen des Ensembles. Es war Winter und laut. Bier schmeckte kalt. Manchmal benahmen sich die Statisten wie Kinder, erklärte Habicht, aber dafür durfte man sie nicht schelten. Sie geisterten durchs Haus und kletterten aufs Dach.

Die Hände, die zu schütteln von ihm verlangt wurde, schüttelte er schon lange nicht mehr. An den Premierenabenden trank er lieber mit den Unsichtbaren, erzählte Geschichten und hörte sich welche an. Keiner fand, dass er ein Macker war, sondern ein Original. Manchmal war einer unter ihnen, den er besonders mochte – den er ficken wollte, fiel ihm Rita ins Wort. Auch das, aber nicht nur das, Sex sei so banal, sagte Habicht, und es klang nicht wie die Floskel eines Jägers, der seine Lust am Töten kleinreden wollte, sondern so, als könnte diese Lüge wahr sein, Sex tatsächlich banal, und fuhr fort. Er hatte die Zeichen falsch gedeutet, und das sei es vielleicht auch schon gewesen. Er hatte probiert, Sebastian an sich zu reißen, er hatte seine Berührungen gesucht, seine Bewunderung, er hatte seine Jacke so gemocht und seine langen Beine. Aber je deutlicher seine Lust an Koloratur gewann, desto größer wurde die Befangenheit Sebastians, was er vielleicht, wie Habicht schulterzuckend zugab, als Zeichen eines Spiels missinterpretiert hatte. Und so endete der Abend schrecklich, und zwar schrecklich peinlich, und zwar für ihn, und viel mehr habe er dazu nicht zu sagen.
»Wo waren Sie in der Nacht auf Dienstag?«
»Bin nach der Arbeit nach Hause.«
»Können Sie das beweisen?«
»Nee«, sagte Habicht, »muss ich?«
»Nach wie vielen Jahren ist man eigentlich unkündbar nach Tarifvertrag der NV Bühne?«
»Fünfzehn.«
»Und wie lange arbeiten Sie schon hier?«
»Siebzehn.«
»Da wird sich die Intendantin aber freuen, dass Sie unter Verdacht stehen, einen Mord begangen zu haben.«

4

»Ich hätte beinahe die Fassung verloren«, sagte Rita.
»Habe ich gemerkt«, sagte Ilia.
»Was für ein Monster ist das bitte?«
»Ja.«
Die beiden wollten ein zweites Mal mit Patricia aus dem Burgerladen reden. Sie fuhren den Friedrichswall entlang, über die Gustav-Bratke-Allee, den Schwarzen Bären, unter ihnen das schleichende Gewässer der Ihme, zur Linken Sebastian Tamms WG, Klara Hüske müssten sie noch sprechen, fiel Rita ein – sie schrieb ihr eine SMS –, über die Blumenauerstraße Richtung Linden, rechts von ihnen *Bei Elena*, wo die Herrenhäuser Leuchtreklame Zerstreuung versprach, und bogen am Küchengarten auf die Fössestraße ab, in der Hoffnung, auf der Ahlemer oder Velber einen Parkplatz zu bekommen.
»Klara Hüske kommt in einer halben Stunde in den Burgerladen«, sagte Rita, »das sollte reichen, um noch ein paar Dinge mit Patricia Pérez zu klären.«
Diese zeigte sich wenig gesprächsbereit. Auf erneute Nachfragen, was wirklich zwischen ihr und Sebastian vorgefallen war, antwortete sie knapp. Es kam zu der unschönen Situation, dass sie sich nur an den Nachnamen von Ilia erinnern konnte und Rita, nachdem sie sich ein zweites Mal vorgestellt hatte, fragte, woher sie wirklich käme, Aitzinger klinge so exotisch. Ritas hämmerndes Nachhaken und Hoffen, dass sie die Person sein könnte, von der Shirin Teile gesprochen hatte, die Person, die Sebastian verstanden habe und gesehen und so weiter, die aus dem Internet, löste in Patricia wachsenden Trotz aus. Das Gespräch entgleiste derart, dass Rita dazu überging – vielleicht angestachelt durch

das Anzweifeln ihrer Daseinsberechtigung in Hannover als Bayerin –, Pérez zu unterstellen, dass sie in einem *Castellano-Eros*-Laden gearbeitet habe und schwer kokainabhängig sei. Woraufhin Pérez sagte, dass sie aus einer deutschen Familie mit spanischem Stolz stamme, die sich seit Jahrzehnten in der spanisch-katholischen Gemeinde engagierte, und sicher keine Sexarbeiterin sei, oder ob sie besser *puta* sagen sollte, um Ritas perversen Vorstellungen gerecht zu werden.
Ilia schwoll während des Streits der Hals an.
»Quak«, sagte er.
»Sie denken vielleicht, ich wäre heißblütig«, sagte Patricia, »aber das bin ich nicht. Ich bin genauso abwägend und kühl wie alle Niedersachsen. Sie sind doch hier die Aufbrausende, die ihre süddeutschen Affekte nicht im Griff hat. Wir aus Hannover reißen uns am Riemen und begegnen dem Leben mit Klarheit, im Geiste Leibniz' und Sophies von der Pfalz. Aber Sie, Sie schneiden einem die Luft ab.« Sollten sie noch etwas von ihr wollen, könnten sie es via Mail versuchen.
Die Lunchzeit begann, und der Laden füllte sich. Patricia hatte zu tun.
Sicher war es kein guter Moment für Klara Hüske, um vollkommen bekifft in den Burgerladen zu kommen, Cookies zu essen und mehr oder weniger unzusammenhängende Wortketten zu formen, die von anhaltenden Lachattacken unterbrochen wurden. Weder zum Geld noch zu Sebastians letztem Tag konnte sie etwas sagen. Das Einzige, worüber sie Gewissheit hatte, war, dass er ein ganz toller Mensch gewesen sei und dass – aber da hörte ihr Rita schon nicht mehr zu. Es gab wenig, was sie verabscheuungswürdiger fand als Stoner.
Auf einem Handydisplay in der Nordstadt poppte währenddessen ein Nachrichtenfenster auf.

Ja, stand da, *Rechtschreibung ist mir wichtig. Rechtschreibung und Musik und Hoffnunf.*

5

»Wenn es nicht so nach billigem Käse riechen würde, könnte ich mich vielleicht auch konzentrieren«, sagte Rita.
»Wir haben abgestimmt«, sagte Ha.
Kai Beller schob ein Raclettepfännchen, beladen mit Silberzwiebeln, Kochschinken, Gürkchen, Kartoffelecken, Räubersoße und dem namensgebenden Käse in den Ofen vor ihm. In Anbetracht der Pressekonferenz in wenigen Stunden hatten die fünf von der Mordkommission beschlossen, sich etwas zu gönnen. Ha hatte in der Messaging-App-Gruppe eine Umfrage gestartet, was sie essen sollten. Durchsetzen konnte sich zuletzt die Walliser Spezialität Raclette gegen Fondue und selbstgemachte Tacos (Ritas Vorschlag).
»So billig war der Käse ehrlich gesagt nicht.«
»Als wäre das guter Käse, was soll das denn«, sagte Rita, »und warum Kochschinken? Braucht man nicht eher Raucharomen, um dem Fettgehalt des Käses etwas entgegenzusetzen?«
»Du isst doch gar kein Fleisch«, sagte Ha.
»Ja«, sagte Rita.
»Ich habe ehrlich gesagt keine Lust auf diese altklugen Kommentare«, sagte Beller.
Ilia freute sich über die Bronzeschicht, die sich auf dem Käse gebildet hatte, und nahm sein Pfännchen aus dem Ofen.
Der pharmakologisch-toxikologische Bericht war am Morgen gekommen. Sebastian Tamms Blut wies eine Mischung aus Opiaten und Benzodiazepinen auf, genau wie das von

Jonas Hartung. Die beiden Morde standen miteinander in Verbindung. Tramadol und Tavor, schätzten Dr. Meese und Dr. Latzen, in der Szene als Trato bekannt. Welche Szene sie damit meinten, war unklar. Diese Informationen stellten eigentlich alle bisherigen Ermittlungserfolge in Frage, denn wenn es dieselbe Person war, die Hartung und Tamm umgebracht hatte, war es unwahrscheinlich, dass jemand dahintersteckte, der Tamm im Speziellen ermorden wollte, wie zum Beispiel Habicht. Was hatte er eigentlich gegen Mahler? Oder kannten sich Hartung und Tamm? Auf Trato zu sterben, musste nahezu angenehm sein. War Dr. Happy ihr Dealer? Vielleicht haben sie sich über die Drogen kennengelernt. Eine Überdosis. Keine Hinweise auf übermäßigen Konsum. Ihrem Sterben wohnte etwas Gnädiges inne, das dachte sie schon beim ersten Anblick der beiden, eine gewisse Sanftheit. War es eigentlich Zufall, dass sie die beiden gefunden hatte? Oder war sie das Bindeglied zwischen Tamm und Hartung? Kannte sie die Tamms? Nein. Zwar konnte sich Rita vorstellen, dass Habicht generell dazu in der Lage wäre, Opfer zu quälen, aber besonders bei Hartung deutete doch alles darauf hin, dass er sich die Musik freiwillig angehört hatte. Denn für Habicht wäre das wiederholte Abspielen dieser Popsongs Folter gewesen, oder? Vielleicht eine Form von Dominanz. Die Opfer in seinen Augen kleiner zu machen. Als etwas Sexuelles? Es gab keine Anzeichen von analer Penetration, aber was hieß das schon. Vielleicht begehrte er ihre Jugend in dem Sinne, dass er das Geschmacklose an ihnen liebte. Eitelkeit verrät. Mörderinnen und Mörder waren stolz auf ihre Tat, betrachteten sie als »Werk« und so weiter. Warum sonst die Tattoos? Aber eine Hand? Ein Handschuh? Unsere Vorlieben verraten uns. Wie DNA. Wer mochte denn *Ich bin der Welt abhanden gekommen* nicht? Rita knackte mit ihren Fingerknochen. Klar, in einem Milieu, in dem Distinktionsgewinn gleichbedeutend mit Hegemonialstreben ist. Selbst Shirin Teile hatte gesagt, dass 99 % des Publikums nicht verstehen würden, was sie hörten. Rita selbst sah sich als Teil der 99 %.

»Hm«, sagte sie leise.

Oder war es möglich, dass der Mörder oder die Mörderin diese Songs nicht kannte? Nein. Sie waren unmissverständlich Teil der Sprache, in der die Taten kommunizierten. Doch mit wem wurde gesprochen? Mit ihnen, mit der Polizei, mit ihr, Rita Aitzinger? Es stimmte. Jonas Hartung war ihr Nachbar. Aber Tamm? Konnte das Zufall sein? Gab es Zufälle in ihrem Beruf? Gab es. Ein Mord besteht aus zwei Teilen: aus dem, was vorliegt, und dem, was nicht vorliegt. Und gerade der zweite Teil ist doch der entscheidende. Hier aber ist der Unterschied: Die Welt der Polizei ist alles, was der Beweis ist, nicht, was der Fall ist. Warum die zwei Flaschen Rosé bei Hartung in der Wohnung?

»Oder hat es doch etwas mit mir zu tun?«, fragte Rita.

»Die Kreditkartenabrechnung?«, fragte Gehlert.

»Nein, die Morde, also«, sagte Rita.

»Ja?«, fragte Ha.

»Nichts«, sagte Rita.

Diese Lieder, waren sie eine Bestrafung oder Geschenk? Darauf konnte man alles runterbrechen. Haben wir es hier mit Attentaten zu tun? Tamm beauftragt jemanden, Hartung zu töten. Aber diese Person erpresst ihn, noch mehr zu bezahlen, er versucht, das Geld aufzubringen, schafft es aber nicht, will mit seinen neuen Inlinern bezahlen, eine Anzahlung machen und die 1000 Euro von C.H. Tillmann, es reicht nicht, es kommt zum Streit, der Killer bringt ihn um. Ein Auftragsmord. Warum nicht. Aber sich ein Mordhilfsmittel, also wenn man mal annahm, dass dieses Tattoo der Hand einen Gummihandschuh zeigte, unter die Achsel stechen lassen? Warum zur Hölle? Habicht beauftragt Tamm, Hartung umzubringen, Habicht bringt Tamm um. Oder dealt Habicht? Kennen sich Habicht und Dr. Happy? Das würde dann wieder Sinn machen. Und das vielversprechende Date, von dem die Regieassistentin erzählt hat? Vielleicht war sie die Dealerin? Patricia, ja, aber vielversprechend, nein, vielleicht hatten Patricia und Hartung eine Affäre, nein, vielleicht hatte Hartung sich in sie verliebt, im *Castellano Eros*? Haben wir das gefragt, kannte sie Hartung? Haben wir. Ob Liebli mich mag? Ich glaube nicht. Ist auch nicht so schlimm. Wir sind Kolleginnen. Sie muss mich nicht mögen. Auch wenn ich sie mag. Es ist so cool, wie sie da sitzt. Als wäre das so einfach, dieses ständige Dasitzen. Zuhören. Was sagen. Bestimmt macht sie regelmäßig Sport. Ist auch wichtig. Klar durchschaut sie mich. Wir sind alle durchschaubar. Mit unserer Trauer. Und unseren Wohnungen. Den tausend Wohnungen dieser Stadt, jede einzelne scheußlich, scheußlich auf ihre eigene Art. Fotos, Erinnerungen, Möbel, Gewürze und Staub, ein Museum des Verrats. Sehnsüchte nach Glück, nach Gesellschaft, nach Familie, nach Geld, nach Stolz, die Kunst an den Wänden, die Werkzeuge in den Garagen, die Ordnung oder Unordnung, was schlimmer war, schwer auszumachen, die Badezimmer mit den Medikamenten, die Couchtische mit den Grasresten und Feuerzeugen, Bücher, ungelesen genauso erbärmlich wie verschlungen, Weinregale, überdimensionale Bildschirme, die Lüftungen der Konsolen und Computer, die Unzahl an Ladekabeln und Unterlagen, Modellbauautos, Haustiere, Einrichtungsideen, Heimat, Zuhause, Fahrradschlösser. Alles, was wir berührten oder besaßen, machte uns schuldig. Schuldig an Hoffnung.

»Kurzum«, schloss Beller, »wir haben nichts. Keinen Verdächtigen, keine Beweise, keine Richtung.«
»Wir haben gar nichts«, sagte Rita, »aber wir werden sie finden. Und wir werden sie richten. All ihrer Verbrechen der Sehnsucht werden wir sie überführen.«
»Da wird sich die Polizeipräsidentin aber freuen«, sagte Beller.

6

Die Polizeipräsidentin hieß Mareike Ratz und war unbeliebt. Zumindest bei der Polizei. Das hatte viele Gründe. Beim Skat unterreizte sie, denn es war ihr lieber, ihre Gegner verlieren zu sehen, als selbst zu gewinnen. Wenn ihre Nachbarn sie nach einem Ei fragten, sagte sie nein. Hörte sie Kollegen über Überstunden klagen, erinnerte sie an ihr Kredo: »Manchmal muss man.« Wobei sie es selten auf sich selbst bezog. Sie wollte als Polizeipräsident bezeichnet werden, denn sie war sich sicher, dass das Generische Maskulinum ein Zauberspruch war. Ihre politische Position war *jovial*, womit sie meinte, dass sie sich der paramoralischen Jugendorganisation *Junge Union* der CDU am nächsten fühlte, bei der sie bis zu ihrem 35. Lebensjahr Mitglied war. Arbeitseifer und Opportunismus hatten ihr zu der Position der Polizeipräsidentin verholfen. Eine Neinsagenkönnerin und ewige Protestantin gegen die Strapazen gesellschaftlicher Neuerungen.
Trotz ihres Geschlechts fand man sie bei den Herrenabenden von Götz-Werner von Fromberg, dem Anwalt des Ex-Hells-Angels-Anführers Frank Hanebuth, wo nicht nur dieser, sondern auch Finanzmogul Carsten Maschmeyer und Altkanzler Gerhard Schröder hofierten. Sogar mit Poplegen-

de Udo Lindenberg hatte sie mal zwischen Schwaden von Cohiba-Qualm gekrökelt. Wobei sie gegen Peter Hartz (bis 2005 Personalvorstand der Volkswagen AG) und einem hier nicht genannt werden wollenden Ex-CFO von Hannover Rück keine Chance gehabt hatten. Hartz konnte das Gummikügelchen mit derartiger Präzision über Bande ins Eck donnern, dass der Polizeipräsidentin und ihrem sonnenbebrillten Mitspieler nicht viel übrigblieben, als nach sechs kassierten Buden anerkennend die Hände über den Tisch zu reichen. Problematisch fand sie es nicht, in dieser Runde als höchste Vertreterin der Exekutive mit Politik und Wirtschaft privat zu werden, warum auch? Es gab keine »Maschsee-Mafia«, wie Fromberg so schön in einem FAZ-Interview gesagt hatte. Ihr Gewissen war rein.

»Raclette?«, fragte Ratz.

»Möchten Sie ein Pfännchen?«, fragte Beller.

»Warum nicht«, sagte sie und bereitete sich ein Pfännchen zu.

»Weil's ein Käse ist«, sagte Rita.

»Raclette? Ein Käse? Ihnen entgeht auch nichts, Aitzinger«, sagte Ratz.

Leider fiel Rita keine schlagfertige Erwiderung ein. Dass die beiden sich nicht mochten, war kein Geheimnis. Thorsten Gehlert fasste den Stand der Ermittlungen zusammen.

»Na dann«, sagte Ratz mit einem Seufzer, denn viel hatten sie nicht. »PK?«

»PK«, antwortete Kai Beller.

7

Drei Tische standen auf einer kleinen Bühne, dahinter Aufsteller mit dem Logo der Polizeiinspektion Hannover. Von links nach rechts saßen da Gehlert, Liebli, Schuster, Aitzinger, Ratz und Beller. Vor ihnen kauerten Presse und ein Fernsehteam, geschützt durch ein Bataillon aus Mikrofonen mit Aufschriften von Reuters bis NDR. Ein helles Klicken von sich öffnenden und schließenden Blenden war zu hören, Gemurmel und das Entladen der Blitzlichtgeräte. Das Podium war angehalten, Uniform zu tragen. Die Polizeipräsidentin ergriff das Wort.

»Guten Tag, meine Damen und Herren. Ich darf Sie auch im Namen der Staatsanwaltschaft Hannover zu dieser Pressekonferenz begrüßen. Oder nicht?«, fragte sie Kai Beller.

»Doch«, sagte er.

»Es geht um die Ermittlungen im Tötungsdelikt zum Nachteil von Sebastian Tamm in der Nacht zum Dienstag dieser Woche. Der 22-jährige Student wurde im Ihmepark erwürgt, seine Leiche am Morgen gefunden. Ob der Mord auch dort passierte, können wir nicht sagen. Es wurde eine Mordkommission unter der Leitung von Hauptkommissarin Rita Aitzinger berufen, die hier neben mir sitzt, und ich kann Ihnen versichern, dass wir rund um die Uhr ackern. Wochenenden, Sonn- und Feiertage gibt es für diese stolzen Beamten nicht, solange der Mörder nicht gefasst ist. Denn manchmal muss man. Stimmt's, Frau Aitzinger?«, sagte Ratz.

Rita hasste diesen Satz.

»Stichwort Jonas Hartung«, rief Fatma de Jong von der HAZ in den Raum.

»Der Fall Jonas Hartung wird sich nicht wiederholen«, sagte Ratz.

Rita fuhr sich mit der Hand über die Stirn und bemerkte einen schmerzenden Pickel, den sie zu reiben begann.
»Frau Aitzinger übernimmt das Wort«, sagte Ratz nach der kurz entstandenen Pause.
»Danke, Frau Polizeipräsidentin«, sagte Rita. »Was wir mit Sicherheit sagen können, ist, dass Sebastian Tamm ermordet wurde. Und dass sein Tod sinnlos war, ein ungeheurer Verlust. Er war an der Oper tätig, studierte, hatte Freunde und Freundinnen, eine WG. Man hat ihn brutal aus dem Leben gerissen. Unsere Gedanken sind bei den Angehörigen.«
»Das klingt, als hätten Sie gar nichts«, sagte Fatma de Jong von der HAZ.
»Das stimmt nicht«, sagte Rita.
»Was haben Sie denn?«
»Was wir haben?«
»Ja.«
»Zum Beispiel ein Telefon wurde gefunden im Ihmepark.«
»Fingerabdrücke? DNA?«
»Das nicht.«
»Aber?«
»Aber wir sind um alle Hinweise von Seiten der Bürgerinnen und Bürger dankbar.«
»Im Speziellen?«, fragte Fatma de Jong von der HAZ.
»Zum Beispiel wenn jemand jemanden kennt, der das Lied *Never Forget You* von Zara Larsson und MNEK mag.«
»Das Lied hat über eine halbe Milliarde Klicks auf Videoportal.«
»Oder wenn jemand jemanden kennt, der nachts bei der Glocksee Inliner fährt.«
»Ist notiert.«
»Oder wenn jemand jemanden kennt, der Tattoos von Händen macht.«

»Warum denn Hände?«
»Weil es uns hilft.«
»Oder überhaupt Tattoos.«
»Da gibt es etliche.«
»Und die Frage ist auch, ob sich Sebastian Tamm und Jonas Hartung kannten.«
Die Kameras hörten auf zu klicken.
»Wie bitte?«, fragte Fatma de Jong von der HAZ.
»Sie spielten beide gerne Computerspiele im Internet. Wenn jemand die Nametags *GravyFries* und *sn1per* schon mal gemeinsam in einer Lobby gesehen hat, sofort Bescheid geben. Beim zweiten ist das i durch eine 1 ersetzt.«
»Die Fälle stehen miteinander in Verbindung?«
»Davon müssen wir ausgehen.«
»Rita?«, fragte Ilia mit der Hand vor dem Mikrofon.
Kai Beller ließ seinen Kugelschreiber fallen.
»Ist doch so«, flüsterte Rita. Mareike Ratz las eine Nachricht auf ihrem Handy.
»Müssen wir davon wirklich ausgehen?«, flüsterte Liebli.
»Die Latexproteine, die Drogen?«, flüsterte Rita.
»Eine PK ist kein Ort für Spekulationen«, flüsterte Gehlert.
»Spekulieren, Schmekulieren«, flüsterte Rita.
»Schmekulieren?!«, zischte Kai Beller.
»Wissen Sie, was Trato ist?«, fragte Rita wieder laut.
»Tramadol und Tavor«, sagte Fatma de Jong von der HAZ, »macht seine Runden in der Szene.«
»Dort, wo sich die Szene mit den Tattoos überschneidet, finden wir das Verbrechen«, sagte Rita.
»Was macht das mit Ihnen, Kriminalfachinspektorin Aitzinger, den Fall Jonas Hartung wieder aufzurollen?«
»Vielleicht können wir hier etwas wiedergutmachen. Der Mörder oder die Mörderin hat einen Fehler begangen. Den

Fehler, der schlussendlich alle zur Strecke bringt, die glauben, davongekommen zu sein: Eitelkeit. Der pathetische Ton der Selbstgewissheit. Eine Charaktereigenschaft, die den Hannoveranern und Hannoveranerinnen fremd ist.«
»Hört, hört«, sagte jemand.
»Sie meinen also, der Mord wurde von außerhalb verübt?«
»Wir haben es hier mit Auftragsmorden zu tun. Sebastian Tamm und Jonas Hartung wurden hingerichtet. Von einer sanften Henkerin.«
»Einer Frau?«
»Das wissen wir natürlich nicht«, sagte Ilia.
»Aber wünschenswert wäre es«, sagte Rita.
»Wünschenswert wäre es«, wiederholte Fatma de Jong von der HAZ, »ist notiert.«
»Für mich macht es keinen Unterschied«, sagte die Polizeipräsidentin.
Rita knibbelte weiter an ihrem Pickel, unter ihren Fingernägeln sammelte sich Blut.
»Und die Tattoos?«, fragte Fatma de Jong von der HAZ.
»Sowohl Jonas Hartung wie Sebastian Tamm hatten sich eine Hand in die Achselhöhle tätowieren lassen.«
»Eine Serientäterin?«
»Warum nicht!«, sagte Rita. »Wir könnten es hier mit einer Welle der Gewalt zu tun bekommen, die Leichen wie Treibholz am Strand zurücklässt.«
»Vielleicht sollten wir an dieser Stelle –«, sagte Ilia.
»Eine sanfte Henkerin?«, fragte Fatma de Jong von der HAZ.
»Eine sanfte Henkerin«, sagte Rita.
»Eine sanfte Henkerin?«, fragte Liebli.
»Die Tattoos sehen eher aus wie die eines ironischen Kunststudis als von einem Profi.« Rita nahm einen rosa Edding und malte auf das Banner der Polizei. »So in etwa.«

»War das Tattoo farbig?«, fragte Fatma de Jong von der HAZ.
»Nein, ich hatte nur keinen anderen Stift.«
»Weil so sieht es ein bisschen so aus wie ein Gummihandschuh«, sagte Fatma de Jong von der HAZ.
»Ein Gummihandschuh, na klar!«, rief Rita.
»Wie meinen Sie das«, fragte Fatma de Jong von der HAZ.
»Einen Moment«, sagte Rita und rief bei Dr. Meese und Dr. Latzen an. Sie stellte auf Lautsprecher und hielt ihr Handy ans Mikrofon.
»Hallo«, sagte Dr. Meese.
»Aitzinger hier, ich rufe noch mal an wegen der Latexproteine, hat man die auch auf dem Kissen gefunden, mit dem Jonas Hartung ermordet wurde?«
»Eine Sekunde«, sagte Dr. Latzen.
»Sie sind übrigens auf Lautsprecher«, sagte Rita.
»Okay«, sagte Dr. Meese.
»Wurden«, sagte Dr. Latzen.
»Ich verstehe nicht ganz«, sagte Fatma de Jong von der HAZ.
»Latexproteine wurden auch auf dem Kissen, der Mordwaffe, gefunden«, sagte Dr. Meese.
»Das heißt«, sagte Rita, »in beiden Fällen trug die Täterin Gummihandschuhe.
»Richtig«, sagte Dr. Latzen.
Rita legte auf.
»Von wegen Spekulationen«, sagte sie.
Die anderen, die neben ihr saßen, schauten beschämt zu Boden.
»Die Frau mit den rosa Handschuhen«, sagte Fatma de Jong von der HAZ.
»Wir wissen nicht, ob sie rosa –«
»Sollte die Bevölkerung alarmiert sein?«, fragte sie.
»Nur weiße Jungs Anfang, Mitte zwanzig, die Angst vorm Erwachsenwerden haben.«

Fatma de Jong von der HAZ musste lachen.
»Wenn jemand nicht erwachsen werden möchte«, sagte Rita, »ist das sein gutes Recht. Und wir sind dazu da, dieses Recht zu schützen. Danke für Ihre Aufmerksamkeit.«
»Danke für Ihre Aufmerksamkeit«, sagte Mareike Ratz.

8

Dieses Mal ließ Ilia seine Kollegin nicht ungestört unter ihrem Schreibtisch hocken.
»Was zur Hölle«, sagte er.
»Es tut mir leid. Es tut mir wirklich leid. Ich weiß auch nicht warum, aber immer, wenn ich Fatma de Jong von der HAZ treffe, will ich sie beeindrucken. Ich will einfach, dass sie mich cool findet.«
»Auftragsmorde? Jemand von außerhalb? Angst vorm Erwachsenwerden? Was sollen die Familien denken?!«
Rita kroch aus ihrem Versteck.
»Ich könnte 'ne Packung Camel Blau und 'n Glas Milch vertragen«, sagte sie.
»Das kann ich mir vorstellen.«
»Bitte Ilia, du darfst nicht böse auf mich sein. Das ertrage ich nicht.«
»Warum beziehst du mich nicht mit ein?«
»Weißt du noch, Hartungs Vater, wie er in seiner verrauchten Miniküche in Springe saß und ich ihm einfach nicht sagen konnte, was passiert ist?«
»Klar«, sagte Ilia.
»Diesem abgekämpften Mann das Letzte zu nehmen, was ihn noch irgendwie mit Stolz oder Wärme erfüllte. Jetzt die

Tamms. Dieses Leiden. Irgendwo in einem Haus in Hessisch Oldendorf. Das Banale an dieser Trauer, aber gleichzeitig diese unfassbare Härte, die darin liegt. Dass das nie wieder anders wird. Dass dieser Mensch für immer weg ist. Ich weiß manchmal nicht, wie man das verkraftet.«

»Lass uns ein Eis essen gehen«, sagte Ilia.

»Ich will kein Eis.«

»Doch, wir essen jetzt ein Eis.«

»Und was ist mit den Camels?«

»Keine Camels, Stracciatella.«

»Okay.« Sie rappelte sich auf. »Und lass uns noch mal zur WG fahren.«

»Warum?«, fragte Ilia.

9

»Sebastian hat jemanden getroffen, richtig?«, fragte Ilia.

»Ja«, sagte C.H. Tillmann.

»Wen?«

Vor dem jungen Mann am Küchentisch stand ein Herrenhäuser, daneben das Säckchen mit Drehtabak.

»Weiß ich nicht. Sie war nie hier.«

»Warum?«

»Sebastian meinte, dass sie sich hier nicht wohl fühlen würde.«

»Aber einen Namen, irgendwas?«, fragte Ilia.

»Hat er nicht gesagt. Er hat ein Geheimnis draus gemacht.«

»Und das sagen Sie uns jetzt?«, fragte Rita.

»Patricia?«, fragte Ilia.

»Kann sein.«

»Sicher, dass es eine Frau war?«
»Ehrlich gesagt nicht. Das war auch einer der Gründe, weswegen wir dachten, dass er es geheim halten würde. Nicht, dass wir ein Problem damit gehabt hätten, wenn er auch was mit Männern gehabt hätte.«
»Aber?«
»Sich zu outen kann anstrengend sein.«
»Hat er gesagt, wo dieses Date wohnt? Ist das Wort Remise gefallen?«
»Ich glaube nicht. Oder was denkst du?«
Klara Hüske schaute ihn mit rotunterlaufenen Augen an. »Nee, irgendwas mit dem Kanal. Nebel. Eine Laterne. Ohrenbetäubender Lärm.«
»Danke«, sagte Rita.

10

Die verpassten Anrufe von Mareike Ratz und Kai Beller würde Rita morgen beantworten. In die Messaging-App-Gruppe traute sie sich nicht zu schauen. Außerdem verbot sie sich, ihren Namen in eins der Suchfenster im Internet einzugeben. Sie baute das Modell des Fiats fertig und tat es in ein Regal mit Modellautos. Dann stöpselte sie ein Gaming-Lenkrad an ihre Spielkonsole und versuchte, die Bestzeit auf der Monte Carlo Rallye zu brechen. Der Blick auf die gerenderten Seealpen entspannte sie.

Nastja

Gerd Lampe setzte sich an den Tresen. Seinen Vorschlag, sich im *Kleinen Museum* in der Grotestraße zu treffen, hatte Anna als etwas für das dritte Treffen abgetan. Was er schön gefunden hatte, denn Verbindlichkeit war auf Datingapp selten der Fall. Ihr Wunsch war das *Bonjour* auf der Deckerstraße. Obwohl er dachte, sich in Linden auszukennen, war ihm der Laden kein Begriff. Eine Eckkneipe mit Fenster raus zur Quirrestraße. Rotes und orangenes Licht, ein fettiger Holztresen und auf der Karte ausschließlich Bier, Schnaps, Champagner und Margaritas. Er hängte seine Winterjacke an den Haken vor seinen Knien. Die Barkeeperin begrüßte ihn. Er bestellte ein Bier. Anna, wie »Peter« in Wirklichkeit hieß, ließ auf sich warten. Gerd befürchtete, versetzt zu werden. Auf dem Handy keine neuen Nachrichten. Es lief ein Song, der ihm gefiel. *Clair de Lune* von Isao Tomita, zeigte ihm Musikerkennungsapp nach kurzer Suchzeit. Kannte er nicht.

Gerd trug weiße Reeboks, eine schwarze Jeans und einen dunkelblauen Pullover. Eine sichere, aber langweilige Wahl. Mit bunten Hemden würde er warten, bis sie sich besser kannten.

Annas Fotos waren seltsam. Aber blond und sportlich müsste sie sein. Der Chat, den sie seit ein paar Tagen miteinander führten, gehörte zu den besten, die er je hatte. Sie war witzig, selbstbewusst und taktvoll im Umgang mit Emojis. Viel mehr, als dass sie Psychologie studierte, wusste er allerdings nicht. Seit ihrem Match war seine Laune auf einem ständigen Hoch. Nicht zu vergleichen mit den düsteren Wintermonaten, die hinter ihm lagen. Das Bier war schon zu einem Drittel getrunken, als er sah, wie sich jemand der Tür des

Bonjour näherte. Es war eine Frau mit dunklen Haaren, keine 1,70 Meter groß.
»Gerd! Wie schön«, sagte sie beim Näherkommen. Ihr Lächeln strahlte Wärme aus.
»Hey«, sagte er.
»Ich weiß«, sagte Anna, »ich bin das nicht auf den Fotos. Damit habe ich schlechte Erfahrungen gemacht. Aber so sehe ich wirklich aus.« Sie drehte sich vor ihm im Kreis und schüttelte ihr Haar. »Okay?« Ihr Outfit war, Gerds Gedanken überschlugen sich, irre, krass, mutig, schön, toll. Sofort mochte er ihren Geruch und den Klang ihrer Stimme. Sie trug eine lila Hose, schwarze Stiefeletten mit doppeltem Kettenriemen und einen Pelzmantel.
»Du siehst toll aus«, sagte Gerd.
Sie wedelte mit den Armen. »Guck mal!«
Erst jetzt erkannte Gerd, dass ihr Mantel vier Ärmel hatte.
»Hä?«
»Meine beiden Omas haben mir jeweils einen Pelz vererbt, und ich hab sie dann zu einem geschneidert«, sagte Anna. Sie schaute den Ärmeln beim Schlackern zu.
»Cool«, sagte Gerd.
»Freut mich, dass du es magst. Und mich.«
»Ja.«
»Okay«, sagte Anna, »ich gebe dir jetzt die Möglichkeit, dich kommentarlos umzudrehen und zu gehen, weil ich überhaupt nicht so aussehe wie auf den Fotos. Aber wenn du bleibst, dann bleibst du, bis der Laden schließt.«
Gerd sagte nichts. Er griff zu seiner Jacke.
Anna schaute trotz ihrer Aufmachung seltsam verletzlich aus. »Oh«, sagte sie.
»Nein, ich mach nur Spaß.«
»Wirklich?«

»Natürlich bleibe ich.«
»Perfekte Wahl, dich an den Tresen zu setzen. Dann kann uns Nastja besser beim Flirten zuhören. Stimmt's?«, fragte sie die Barkeeperin.
»Stimmt«, sagte Nastja.
»Und falls ein Moment der Stille eintritt, stellst du uns 'n Korn raus«, sagte Anna.
»Kann ich machen«, sagte Nastja.
»Was trinkst du?«
»Bierchen.« Sofort bereute er, das Wort Bierchen verwendet zu haben.
»Bierchen! Ja na so was, ein Bierchen. Nastja, machst du mir«, sie trommelte mit ihren Zeigefingern auf das Holz, »auch 'n Bierchen?«
»Kann ich machen.«
»Fantastisch.«
Sie hängte den Mantel vor sich. Darunter trug sie ein altes T-Shirt, auf dem in einer fettgedruckten, serifenlosen Schrift 21/5/62/82 stand.
»Was bedeutet das?«, fragte Gerd.
»Keine Ahnung. Habe das Shirt auf einem Flohmarkt in Gent gekauft.«
»Mega, was hast du in Gent gemacht?«, fragte Gerd und bereute sofort, das Wort mega verwendet zu haben.
»Ich war auf 'nem Flohmarkt.«
»Haha, ach so, okay.«
»Nee, Urlaub, aber ist lieb, dass du fragst.«
»Die Musik hier ist ganz cool, oder? Isao Tomita.«
»Findest du?«
»Schon.«
»Nee, bin da eher Team Hosono.«
»Ja, die ist auch nice«, sagte Gerd.

»Der, meinst du?«, fragte Anna.
»Richtig.«
Eine ernst zu nehmende Pause entstand. »Und, Psychologie, macht das Spaß?«, fragte Gerd.
»Nastja, was meinst du, Schnaps?«
»Frage ist im Schnapsbereich.«
»Dann zwei Korn.«
»Sorry, ich –«
»Alles gut. Psychologie ist aufregend! Menschen sind aufregend.«
Nastja stellte ihnen zwei Korn neben die Biergläser.
»Und was an Menschen, also was findest du aufregend an Menschen?«
»Was mich an Menschen fasziniert – cheers übrigens.«
»Cheers«, sagte Gerd.
»Was mich am meisten fasziniert, ist, lass mich überlegen.«
»Ja?«
»Dass es Jahrtausende von Menschheitsgeschichte, Kulturen, Archäologie, Ideen und Ängsten gibt, den Wunsch nach Verständnis, nach Veränderung, nach Sicherheit, Träume, wir träumen ja jede Nacht, völlig gestört, oder zumindest die meisten, dass es Zivilisation gibt, untergegangene Zivilisationen, dass mal Dinosaurier gelebt haben und man zur Post gehen kann, und die schicken eine Postkarte an die Adresse, die man auf die Postkarte geschrieben hat, weil jeder Ort *eine Adresse* hat, dass es Götter, Geister und Regeln der Physik gibt, die man lernt, und dann werden sie widerlegt, und es hat überhaupt nichts gebracht, sie gelernt zu haben, weil selbst die Wissenschaften nur Annäherungen an die Wirklichkeit formulieren und meistens falschliegen, also zumindest historisch gesehen, aber auf eine so tolle und rührende Art, dass man die, die es probieren, einfach knuddeln will. Ganz wie

der Esel, der denkt, er hat die Mohrrübe bald, versuchen wir uns einen Reim darauf zu machen, warum wir geboren wurden, aber wir kommen nicht ran. Weder mit Chemie noch Biologie, Mathematik oder Kunst. Es gibt Abermillionen Theorien darüber, warum wir hier sind, oder was wir sind, oder was Zeit ist, oder was Raum ist, ob nun der Wille einer göttlichen Entität oder Zufall, Ursuppe, kosmische Strahlen und haste nicht gesehen. Wir wissen so wenig über das Gehirn, dass es kracht. Und plötzlich ist man verliebt, und es gibt Sex und Körper und die Möglichkeit, *Leben zu erschaffen*, und zwar aus uns, unserm Fleisch, einfach aus einer Eizelle und einem Spermawurm, und dann ist da ’ne Familie, ’ne Geschichte, und am anderen Ende der Nacht die Natur, gigantische Flächen von Wasser und Stein, kilometertiefe Gräben und Magma, flüssiges Gestein, irgendwo unter uns, jetzt, in diesem Moment. Es gibt Dinge auf der Erde, die noch kein Mensch je gesehen hat. Und im Universum erst! Hinter allem, was wir sehen, sind unendlich viele Sternchen mit Anmerkungen, eine unermessliche Anzahl an Details, an Wissen, jedes davon auf seine Art interessant, und trotz all dieser Wunder und Schrecken bestimmt vor allem ein Gefühl das Leben: die Langeweile.«
»Ist das schlimm?«, fragte Gerd.
»Langeweile ist die einzige Form von Armut, die unsere Gesellschaft ächten sollte.«
»Das Problem ist, glaube ich, also weiß ich nicht, aber vielleicht, dass man, wenn man weiß, dass die Welt schön ist, unfassbar schön, oder das zumindest ahnt, und all diese Dinge, die du gerade gesagt hast, die du so toll beschrieben hast, aber eben trotzdem, oder gerade, also deshalb traurig ist. Weil die Schönheit einem egal –«
»Ah ja?«, fragte Anna.

»Oder überhaupt vielleicht, dass dieser Hang dazu, also versteh mich bitte nicht falsch, oder diese Neigung dazu zu sagen: Langeweile ist schlecht, Neugierde ist gut - dass das nicht unproblematisch ist.«
»Weil?«
»Na weil«, Gerd machte eine Pause, »weil Neugierde, das Wort Gier ist da schon nicht zu Unrecht, finde ich, drin, ein kannibalisches Gefühl ist, um nicht zu sagen ein kolanisatorischer -«
»Kolonialer.«
»Genau. Dass da ein kolonialer Schwung oder so mit drin, ja, schwingt. Also um das jetzt mal, Neugierde ist, finde ich, ein Schwarzes Loch, das alles in sich hineinzieht und über kurz oder lang vernichtet. Neugierde will da ja immer die Zerstörung von sich selbst. Wie, wenn man so will, der Markt, oder eine Autoimmunerkrankung, also der Finanzmarkt, meine ich jetzt mal, in den alles gesogen und entleert wird, weil da diese Gier ist, diese Neugier, weißt du, wie ich meine? Aber Langeweile, also das klingt jetzt vielleicht komisch, ich springe ja auch total, also spinne hier rum, aber wie viele Tyrannen waren, oder weiß ich nicht, frage ich jetzt mal so, gelangweilt?«
»Nero, Caligula?«
»Kann sein, ja.«
Anna lächelte.
»Trotzdem ein schönes Lob der Langeweile.«
»Danke.«
»Rauchst du?«, fragte sie.
Gerd schaute zu Nastja.
»Sorry, aber die Frage ist im Schnapsbereich«, sagte Nastja.
Gerd schnipste zufrieden. »Her damit!«
Zwei neue Korn.

»Cheers.«
»Ich hab eine andere Frage für dich«, sagte Gerd.
»Schieß.«
»Weil du kommst mir irgendwie bekannt vor.«
»Ah ja, woher denn?«
»Am Dienstagmorgen war ich mit einem Kollegen in der Nachbarschaft des Ihmeparks, um mögliche Zeugen zu diesem Mord zu befragen, vielleicht hast du davon gehört. Kann es sein, dass ich dich da gesehen habe?«
»Der Polizist mit der zu großen Mütze? Das warst du?!«
»Das war ich.«
»Oh Gott, das musst du entschuldigen. Das war mir später total peinlich.«
»Kein Problem.«
»Das ist ja ein krasser Zufall.«
»Aber echt.«
»Hast du mit dem Fall was zu tun?«
»Wer war der Typ, bei dem du da warst?«
»Milan«, sagte Anna.
»Aber ihr seid nicht – zusammen oder so?«
»Wir schlafen manchmal miteinander. Ist das ein Problem für dich?«
»Nein«, ja, »sieht er das genauso?«
»Zumindest behauptet er das. Du weißt ja, wie so Mäuschen wie der Milan sein können. Für ein Stückchen Käse tun sie alles.«
»Ich arbeite nicht direkt an dem Fall, also ich gehöre nicht zur Mordkommission oder so.«
»Hast du diese schräge Pressekonferenz gesehen?«
»Von Aitziger, ja.«
»Kennt ihr euch?«
»Nee, also sie kennt mich nicht. Ich bin ihr ein paar Mal begegnet.«

»Aber?«
»Ist schon eine Spezielle. Warum?«
»Egal«, sagte Anna, »ich habe eine Frage für dich.«
»Ja?«
»Als Polizist -«
»Ja?«
»Wo würdest du eine Leiche verstecken?«
»Wie meinst du das?«
»Wie meinst du das: Wie meinst du das?«
»Eine Leiche?«
»Wenn sie wirklich niemand finden soll.«
»Gibt es eine Leiche, die du loswerden willst?«
»Nein, aber vielleicht kenne ich jemanden, der eine Leiche loswerden will.«
»Und was bekomme ich dafür? Ist immerhin Mithilfe zum Leichenloswerden.«
»Als Gegenleistung?«
»Klar als Gegenleistung.«
»Zum Abschied gebe ich dir einen Kuss auf die Wange.«
»Deal«, sagte Gerd.
»Also?«
»Wenn ich eine Leiche loswerden lassen müsste, würde ich sie im Altwarmbüchener Moor versenken.«
Nach einigen Margaritas und einem Glas Champagner, es war außer den beiden schon längst niemand mehr im *Bonjour*, kapitulierte Anna irgendwann vor Nastjas Wunsch, den Laden zu schließen. Sie begleitete ihr Date zum Kötnerholzweg, schien weder zu torkeln noch Probleme mit dem Sprechen zu haben und löste ihren Teil der Abmachung ein.
Zu Hause trank Gerd ein großes Glas Wasser. Ihm war schwindelig. Und auch, wenn er wusste, dass es eine dumme

Idee war und dass er es morgen, verkatert, sicher schwer bereuen würde, öffnete er seinen Chat mit Anna.
Ich hatte eine richtig gute Zeit, schrieb er. Warum nicht! Warum nicht ehrlich sein und den ersten Schritt wagen! Das waren nun mal seine Gefühle.
Dann: Doppelhäkchen.
Dann: nichts.
Gerd putzte sich die Zähne.
Ich bin der dümmste Mensch Deutschlands, dachte er.
Dann: *Anna tippt ...*
Oder der glücklichste?
Fuck, schrieb sie.
Okay. Alles klar. Jetzt kommt die Absage.
Dann: *Anna tippt ...*
Wunderte ihn nicht weiter. Er legte das Handy verkehrt herum aufs Waschbecken. Womit hatte er es verdient, geliebt zu werden? Er spülte sich den Mund aus. Nichts an ihm war schön. Er nahm das Handy.
Aber da stand –
Ganz im Ernst –
Ich hatte auch eine richtig gute Zeit.

Drei

1

Melanie wollte ihre Freundin Rita aufmuntern, nachdem sie die Pressekonferenz gesehen hatte. Darum hatte sie den Zehn-Uhr-Termin in der Salzgrotte gebucht und sich dort mit ihr verabredet. 16 Tonnen 250 Millionen Jahre altes Himalaya-Salz umhüllten Melanie, ihren Sohn Justus und Rita mit ihrer heilsamen Energie.

»Toll machst du das«, sagte Rita.

»Danke«, sagte Justus. Er baute eine Pyramide mit einem Bagger. Zwischen den beiden Freundinnen war eine Spielecke für Kinder eingerichtet. Sie lagen auf Liegestühlen und versuchten, so gut wie möglich zu entspannen. Alle paar Wochen gingen sie in die Salzgrotte. Es hatte als ironische Geste angefangen, aber nun mochten sie den Ort aufrichtig. Ob sie wollten oder nicht, hier kamen sie zur Ruhe.

»Schh«, sagte eine Frau auf der anderen Seite des Raums. Gäste waren gebeten, sich während der 45 Minuten Aufenthalt auf die meditativen Klänge einer CD und das Plätschern der Saline zu konzentrieren. Aber allzu genau nahmen das die wenigsten. Wobei Justus schon probierte, die Brumm- und Piepgeräusche der Bauindustrie leise zu imitieren.

»Sag mal, hast du nicht bald Geburtstag?«, fragte ihn Rita.

»Am 1. Mai«, sagte Justus.

»Und, was wünscht du dir?«

»Hm«, sagte er.

»Einen Dinosaurier?«, fragte Rita.

»Dass sich die Wirtschaft erholt«, sagte Justus.

Rita schaute Melanie an. Sie zuckte mit den Schultern.

»Wie selbstlos von dir«, sagte Rita.

»Ach weißt du«, Justus legte seine Schaufel ab und schaute Rita an, »am Ende profitiere ich davon selbst am meisten.«

»Ich glaube, er hat in den letzten Monaten zu viel Zeit mit seiner Mutter verbracht«, sagte Melanie.
»Kleine Dürreperiode?«, fragte Rita.
»Kleine Desertifikation eher«, sagte Melanie.
Sie war Schriftstellerin. Ihr Mann war bildender Künstler. Momentan nicht die besten Berufe, wenn man Miete zahlen oder Schulrucksäcke kaufen musste.
»Zum Glück haben wir nicht all unser Geld in eine Fantasiewährung gesteckt, die über Nacht komplett wertlos geworden ist, sondern in Aktien von Rüstungskonzernen.«
»Goldenes Händchen«, sagte Rita.
Melanie stieß ein isoliertes, schrilles Ha aus, was ihre Art zu lachen war.
»Schh«, kam es von der anderen Seite der Grotte.
»Aber ihr habt das Haus«, sagte Rita.
»Sicher.«
»Und Justus.«
»Stimmt, den können wir im Notfall verkaufen«, sagte Melanie zu ihrem Sohn.
»Ich möchte nicht verkauft werden«, sagte Justus, »das ist verboten.«
»Machen wir auch nicht, keine Sorge«, sagte Melanie.
»Gut«, sagte Justus, der versuchte, einen Tunnel durch die Pyramide zu bohren.
»Außerdem, wenn sie dich verkaufen, dann kommen sie ins Gefängnis«, sagte Rita.
»Eben«, sagte Justus.
»Machst du diese Übungen eigentlich noch? Mit der Sonne und so?«
»Gerade weniger.«
»Mh-hm«, sagte Melanie.
»Warum fragst du?«

»Habe die PK gesehen.«
»Ich weiß es doch auch nicht«, sagte Rita, »kein guter Tag.«
»Auftragsmorde?«
»Warum nicht? Sie wurden mit einem Tattoo markiert und haben kurz vor ihrem Tod recht hohe Summen Geld aufgebracht. Und dann sind da diese zwei Flaschen Rosé, die überhaupt nicht zu dem Opfer gepasst haben, diese Inliner, und warum hielten sie ihre Handys in der Hand beim Sterben?«
»Ihre Handys?«
»Ja.«
»Wie Marilyn.«
»Und warum zur Hölle waren sie high?«
»Klingt eher, als seien sie reingelegt worden.«
»Wie meinst du das?«
»Sie dachten, dass sie etwas bekommen würden, was sie dann aber nicht bekamen. Für das Geld jetzt.«
»Aber was könnte man für ein paar Tausend Euro wollen? 'ne Panzerfaust?«
»Sex?«
»Wir wissen von Jonas Hartung, dass er gelegentlich in die Ludwigstraße gegangen ist. Meinst du, auf einmal schwingt der auf Luxusescort um?«
»Keine Ahnung«, sagte Melanie.
»Schh«, kam es aus der Grotte.
»Was passiert, wenn man in die Ludwigstraße geht?«, fragte Justus.
»Das erkläre ich dir in zehn Jahren«, sagte Melanie.
»Alles klar«, sagte Justus.
»Okay.« Rita flüsterte. »Lass es uns von der anderen Seite betrachten. Aus der Sicht des Mörders oder der Mörderin. Das Warum und das Wer.«
»Hast du einen Stift?«

»Klar, hier«, sagte Rita und gab ihr einen Stift.
»Und Papier?«
Rita gab ihr ihren Notizblock.
»Ich schreib es dir auf, und du entspannst dich. Kein Wort über die Arbeit.«
»Wir sind hier, um zu relaxen«, sagte Justus.
»Ja ja«, sagte Rita.
Sie zog die Decke bis unters Kinn und schlummerte.
Eine halbe Stunde später ertönte ein Gong.
»In wenigen Minuten endet Ihr Aufenthalt in der Salzgrotte. Strecken Sie Ihre Arme und Beine, nehmen Sie ein paar tiefe Atemzüge und spüren Sie die neue Energie bis in die Fingerspitzen«, erklang es aus den Boxen.
Melanie gab Rita das Notizbuch zurück.
»Wollen wir noch was zu Mittag essen bei Sirin? Bissi Berberitzenreis mit Hähnchen?«
»Ich muss in die Waterloo.«
»Außerdem sollten wir weniger Fleisch essen, weil davon geht der Planet kaputt«, sagte Justus.
»Darum lebe ich vegetarisch«, sagte Rita.
»Danke«, sagte er.
»Zu Hause gibt es aber nur Kartoffeln mit Quark«, sagte Melanie.
»Ist doch lecker«, sagte Justus.
»Finde ich auch«, sagte Rita.
»Kommst du zu meinem Geburtstag?«, fragte er.
»Ich probiere es«, sagte sie.
»Es ist besser, wenn du ehrlich bist und mich später dann nicht enttäuschst.«
»Ich probiere es wirklich.«
Melanie schaute sie an.
»Hammer«, sagte Justus.

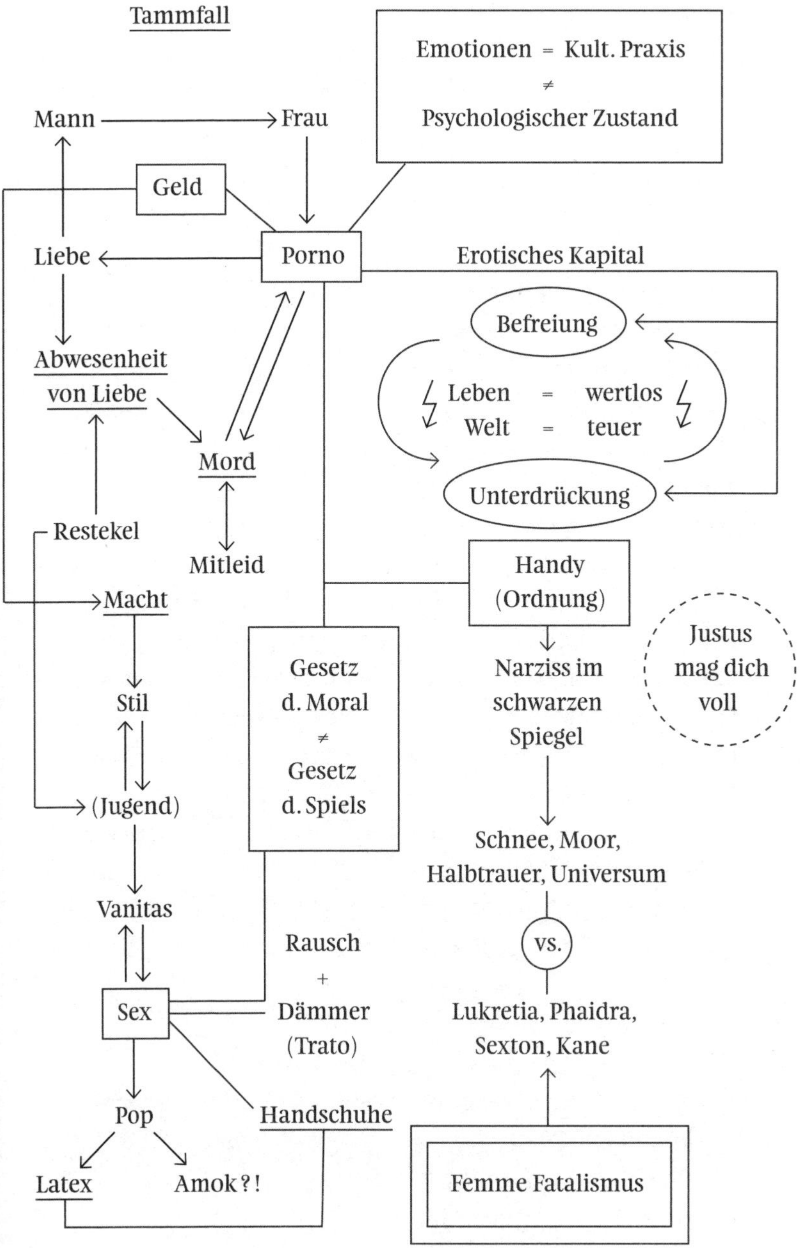
Tammfall
Emotionen = Kult. Praxis
≠
Psychologischer Zustand
Mann
Frau
Geld
Porno
Liebe
Erotisches Kapital
Befreiung
Abwesenheit von Liebe
Leben = wertlos
Welt = teuer
Mord
Unterdrückung
Restekel
Mitleid
Handy (Ordnung)
Macht
Justus mag dich voll
Stil
Gesetz d. Moral
≠
Gesetz d. Spiels
Narziss im schwarzen Spiegel
(Jugend)
Schnee, Moor,
Halbtrauer, Universum
Vanitas
Rausch
+
Dämmer
(Trato)
vs.
Sex
Lukretia, Phaidra,
Sexton, Kane
Pop
Handschuhe
Latex
Amok?!
Femme Fatalismus

Danke, Champion, schrieb Rita.
Und ich mag Justus auch sehr. Er ist eine Sonne.

2

»Wo warst du?«, fragte Ilia.
»Ich musste etwas erledigen.«
»Sag mir das nächste Mal bitte Bescheid.«
»Ja«, sagte Rita.
»Die Polizeipräsidentin möchte mit uns sprechen.«
»Sicher.«
Ihr Büro lag sieben Flure entfernt. Hinter einer schweren Tür saß sie an ihrem Arbeitsplatz. Keine Fotos von Familie, keine Postkarten mit lustigen Sprüchen, nur ein kleines Malen-nach-Zahlen-Bild von einem Zebra gab einen Hinweis darauf, dass dieser Mensch ein Innenleben haben könnte. Die Polizeipräsidentin bat Rita, sich zu setzen. Sie klatschte die HAZ mit Fatma de Jongs Leitartikel auf den Tisch: *Die Frau mit den rosa Handschuhen mordet wieder.*
»Oder wie wäre es hiermit?« Die Polizeipräsidentin warf die Titelseite der *Bild* vor sie: *Wer killt die Jungs?* »Und das?« Sie schmetterte ihnen die *Neue Presse* hin: *Rassismus-Studie: Polizisten haben häufiger Vorurteile gegen Muslime und Wohnungslose.*
»Ich glaube, das ist die falsche –«
»Oder hier«, sagte die Polizeipräsidentin.
Deister- und Weserzeitung: Suizidrate in Region Hannover auf Höchststand.
»Auch das –«, begann Rita.
»Können Sie mir das erklären?«

»Kann ich nicht.«
»Ein Serienmörder?«
Irgendwas war gerade passiert, aber was?
»Ich schätze, eine Serienmörderin, aber ja.«
»So, schätzen Sie das?«
Was hatte Melanie gesagt?
»Die Frau mit den rosa Handschuhen?!«
Wie Marilyn?
»Aitzinger, wenn Sie –«
»Wenn Sie Ihren Frust darüber ablassen wollen, dass sich der Tod eines Menschen in ein mediales Spektakel verwandelt hat, dem jede Form von Wärme oder Mitgefühl fehlt, bin ich zwar auf Ihrer Seite, würde aber behaupten, dass das Ganze doch etwas komplexer ist, und es vorziehen, mit der Arbeit weiterzumachen.«
Rita drehte sich um und ging. Ilia versuchte, die Polizeipräsidentin zu besänftigen.
Melanie ging nicht ran. Rita rief ein zweites Mal an. Ein drittes Mal.
»Rita, was ist denn los?«, fragte Melanie.
»Vorhin hast du gesagt: *Wie Marilyn*. Warum?«
»Habe ich?«
»Als ich gesagt habe, dass die Leichen mit dem Telefon in der Hand gefunden wurden.«
»Weil Marilyns Leiche mit ihrem Telefon in der Hand gefunden wurde.«
»Welche Marilyn?«
»Ach so. Monroe.«
»Was?«
»Überdosis M&M's. Soll schwer depressiv gewesen sein.«
»Barbiturate?«
»Und hochbegabt.«

»Was du mit M&M's meinst.«
»Genau, Barbiturate.«
»Ja, fick dich doch«, sagte Rita.
»Bitte?«, fragte Melanie.

3

Hartung. Rita brauchte die Unterlagen zum Fall Hartung. Völlig egal, was die Polizeipräsidentin wollte. Völlig egal, was Ilia wollte. Die Fotos vom Tatort. Jetzt. Archiv. Akten. Einmal Jonas Hartung. Die zwei Flaschen Rosé, und es stimmte, das hatte sie ganz vergessen, der Plastikhund, der kleine Spielzeughund, den niemand so recht zuordnen konnte. War der auf Fingerabdrücke untersucht worden? War er nicht. War er nicht! War der noch irgendwo, war er, irgendwo im Archiv, tiefer im Keller. Neben dem Kissen mit den Latexproteinen. Da lag er in einem Karton. Neben den Weinflaschen. Ungeöffnet, Asservat. Die Weinflaschen: keine Fingerabdrücke von Jonas. Aber damals gedacht: im Winter gekauft, mit Handschuhen. Danach nie wieder berührt. Aber nee. Jonas Hartung kannte diese Weinflaschen gar nicht. Sie wurden *nach* dem Mord *platziert*. Das war nicht sein Stil, der Wein, der Hund. Sie fuhr ins Labor.

4

»Ilia«, sagte Rita.
Sie saß an ihrem Schreibtisch. Vor ihr die Fotos aus dem

Archiv. Der kleine Plastikhund auf der Seite liegend, umgestoßen.
»Ilia«, sagte Rita, »der Hund und der Wein, das sind Hinweise. Für uns. Das ist ein Spiel.«
»Bitte«, sagte Ilia.
»Ein umgefallener Hund und zwei Flaschen Rosé, was bedeutet das?«
»Hast du heute schon was gegessen?«
»Jetzt nicht dumm dumm, Ilia, sondern schlau schlau, kein Essen, kein Bausparvertrag, Arbeit, Gedanken, ein Hund, umgefallen, und zwei Flaschen Rosé.«
»Ich weiß es nicht«, sagte Ilia.
Rita starrte auf die Fotos.
»Es gibt eine Menge zu tun.«
Rita beachtete ihn nicht mehr.
»Hallo?«, fragte Ilia.

5

Es war der mit Abstand stressigste Tag der Ermittlungen. Alle paar Minuten rief jemand mit Hinweisen zu der Frau mit den rosa Handschuhen an. Ha und Thorsten gingen auf dem Zahnfleisch. Rita war nicht von ihren Fotos wegzubekommen. Ilia versuchte, für sie zu bürgen, aber er kannte diese Momente von ihr zu gut, als dass er es ihr nicht übelnehmen würde. Tonnen an Schreibarbeit mussten bearbeitet werden. Genau das, betonte Thorsten, sei es, was ihn so an Aitzinger ankotzte.

6

Ilia versuchte, auf Rita einzugehen. Ein umgefallener Hund und zwei Flaschen Rosé. Er suchte nach Hinweisen im Internet, stieß aber nur auf Foren von Hundehaltenden, die nach dem Ableben ihrer Vierbeiner Hilfe suchten.
Gerd Lampe hatte Anna gefragt, ob sie sich sehen wollten. Sie antwortete seit zwei Tagen nicht.
Auch Melanie musste passen, als Rita ihr von dem Hund und den Weinflaschen erzählte. Aber sie wollte von ihr wissen, ob sie zu Justus' Geburtstag kommen würde.
Die Bürgermeisterin rief die Polizeipräsidentin an. Was geschah in ihrer Stadt? Mareike Ratz hatte keine Antwort.

7

Von außen kam viel. Aber im Innern war ein Loch, oder im Innern war etwas verschwunden. Oder da war gar nichts. Es gab kein Inneres. Es gab nur eine verschwommene Struktur, ein anhaltendes Beschreiben, eine Quelle von Wörtern, aneinandergereiht als Denken. Wobei aber klar geworden war oder sich ein Verdacht breitgemacht hatte, dass dieses Denken auf keiner Substanz beruhte, nicht auf einer Seele oder einem Charakter, sondern dass es nur diese Oberfläche gab, dieses vage Puckern im Hirn, Haken schlagende Leere. Und aus diesem Verdacht oder der Trauer über dieses Verschwinden von etwas, von dem man dachte, dass es da wäre, erwuchs das Entsetzen darüber, dass alles, worauf man sich mit sich selbst geeinigt hatte, zerstört war, dass man sich mit sich selbst auf nichts einigen konnte, weil genau dieses Selbst nun fehlte, abhandengekommen war, und es kein Zwiegespräch mehr gab, sondern nur mehr ein Formulieren ins Nichts, und dass aus diesem Nichts eben nichts folgte oder nichts folgen konnte. Zumindest keine Reaktion. Dass das nur ein Fluss war. Ein Fluss ohne Ufer. Und dass diese Begrenzung, die eigentlich da sein sollte, dass man die nicht mehr fand. Und man so völlig zerstäubte, sich auflöste in Unruhe. Zappeligkeit. Und die einzige Hoffnung, etwas überhaupt festzuhalten, oder ein Panikreflex auf das ständige Verlieren und die Bedeutungslosigkeit, das war die Wiederholung, aber diese Wiederholung war eine Spirale und kein Kreis. Es gab kleine Änderungen, spitze Ungenauigkeiten, die zunahmen. Mit denen die Verkratzung einherging. Es gab plötzlich keine Konzentration mehr. Keine Ziele. Sondern da waren Kopfschmerz und die Schlaflosigkeit und diese Schlappheit. Zermartert von blassen Gedanken, irgendwo in den Wiederholungen haften geblieben, unmöglich zu sagen, wie oder wo, vielleicht wie eine Art Kalk, Schmodder. Dazwischen war die Arbeit. Die Gespräche. Das Essen. Die Hygiene, die man irgendwie schaffte. Schaffen musste. Aber wie genau drehte man einen Wasserhahn noch mal auf? Jede Minute wurde zur Aufgabe, jedes Erwachen eine Probe. Irgendwie aus der Starre, aus der Verschieferung zu kommen, doch alle mühsamen Erfolge, alle Marker eines gesunden Lebens kamen einem abhanden. Man schaute in den Spiegel, und man wusste, dass dieses Ding vor einem einen Namen und eine Geschichte hatte, aber man kriegte das nicht mehr zusammen. Man war kein Ich. Man wusste es theoretisch, aber verstand es nicht mehr, wie man die Liebe nicht verstand oder die Familie oder den Wind. Praktisch hatte dieses Ding nichts außer einem Aussehen, einer Erscheinung – wo ja schon das Wort Schein –, die man, wenn man ehrlich war, hasste, nicht an jedem Tag, aber an manchen.

Der Selbstekel hatte eine ungeheure Vielstimmigkeit. Vielleicht war man mal kurz davor gewesen, das alles in Einklang zu bringen. Es zu etwas Ganzem zu klumpen, mit aller Gewalt, aber das war früher. Das war vorbei. Sie waren fahrig, die Blicke, die Momente. Rita ging spazieren durch die Stadt, und irgendwas funktionierte da, ein Autopilot. Beim Supermarkt konnte sie sich an den PIN ihrer Bankkarte erinnern. Es gab diesen Geldbetrag auf irgendeinem Konto, und der stand mit ihr in Verbindung. Sie konnte erkennen, was auf ihrem Handy stand, ganz grundsätzlich, da waren Wörter, und die hatten was mit Uhrzeiten zu tun. Waren Nachrichten, private und öffentliche, sie war Teil von Gruppen, wurde als Teil von Gruppen gelesen, aber spüren konnte sie das nicht, diese Zugehörigkeit. Wenn es hoch kam, spürte sie sich selbst. Aber meistens nicht mal das. Alles war Bedeutung, und darum war nichts Bedeutung. Ihre Aufgabe war es, Dinge miteinander in Verbindung zu bringen. Ganz einfache Dinge, wie wenn jemand sagte: Hallo, dass sie dann auch sagte: Hallo. Das wusste sie, das hatte sie gelernt. Oder wenn jemand ermordet wurde, dass der Täter wahrscheinlich jemand war, der dieser Person nahestand. Dass es wahrscheinlich ein Mann war. Oder wenn eine Ampel grün wurde, dass man dann über die Straße gehen durfte, ohne von einer tonnenschweren Maschine verkrüppelt zu werden. Auch wenn genau diese Vorstellung an bestimmten Tagen einer Frische gleichkam. Einem Einschlag von Licht, einer Abkühlung, auf die schwereloses Tauchen folgte. Eine Zimmerpflanze konnte die Antwort sein, oder ein Hinweis, dachte sie, oder wenn man die Wäsche wusch. Aufmerksamkeit war das Hauptwerkzeug ihres Berufs, aber diese Aufmerksamkeit war in tausend Teile zerbrochen. Es gab nichts, woraus sie keine Schlüsse zog. Sie kannte die unnennbare Lust. Die etwas mit tonnenschweren Maschinen zu tun haben konnte oder mit der HK P7 in ihrem Safe. Und mit dem zweiten Safe, dem mit den 9-×-19-mm-Patronen. Es war nur eine Fantasie. Und es gab bei dieser Fantasie gar keinen Wunsch nach Erfüllung. Also keine Möglichkeit, auf diesen Gedanken eine Handlung folgen zu lassen. Also es bestand natürlich schon eine Möglichkeit, doch da war ein großes Aber. Es war einfach eine Fantasie, die sich verselbständigt hatte und in der sie begonnen hatte, sich gehen zu lassen. Es ging dabei um einen Anschlag auf die Leere oder auf die Erkenntnis, dass in ihr nichts fest war, auch wenn manchmal so getan wurde, als wäre da etwas Festes, ihre Seele oder ihr Charakter. Es war die Abrechnung mit dieser Leere oder besser der Beweis der Leere. Denn wo eine Kugel hineinpasste, da war immerhin Platz für eine Kugel, und das bewies doch, dass da nichts war, nichts von Substanz, nichts, worauf man eine Person aufbauen konnte. Nichts, was man mit gutem Gewissen Rita Aitzinger nennen konnte. Schon dieser Name war eine Farce, die erste Lüge, auf der alle anderen später beruhen sollten. Denn sie wusste, dass sie *nicht* Rita Aitzinger war, was auch immer das bedeuten sollte. Darum ihre Affäre mit der Fantasie von der Pistole. Es lag auch eine Gemütlichkeit darin, sogar ein Baumeln konnte es sein. Es war nichts Dramatisches. Man musste sich um sie keine Sorgen machen. Es war ein Schafe-Zählen. Es hatte sich eingeschlichen. Ein Bildschirmschoner, der einsetzte, wenn ihre Gedanken unter einen gewissen Grad von Spannung fielen. Eine Kugel. Und noch eine Kugel. Und noch eine Kugel. Dann kam der Schlaf. Sie träumte von Motoren und Geschwindigkeit. Sie zündete Kerzen an und löschte sie. Sie wachte morgens auf und konnte nicht fassen, wie viel Zeit vergangen war, wie wenig Zeit vergangen war. Dass sie immer noch eingesperrt war, in dieser Zelle aus Aufwachen und Einschlafen. Ihr Hunger war wahllos. Alles, was sie aß, bestand aus Zucker und Fett. Die Telefone, die Handschuhe und die Fotos vom Tatort, die Inliner, Jonas Hartungs Vater, allein in seiner erbärmlichen Wohnung in Springe, verraucht, kalt, mit Bildern von seinem Sohn, der ihn bloß zu Weihnachten noch besuchen gekommen war, Bildern von seiner Frau, Familie Tamm, Kasper, der Hund, Sonja Dolche, Patricia Pérez, all diese Wörter und ihre Ungenauigkeiten. Rita wusste, dass baden sie entspannte. Es war eine der angenehmen Tätigkeiten, von denen sie gelernt hatte, dass sie halfen. Aber kaum lag sie in der Wanne, war das brühend heiße Wasser kalt. Sie taumelte, hatte zu wenig getrunken, bekam Schweißausbrüche, Schwindel, sie legte sich aufs Bett und starrte an die Decke, noch nass. Ein Pirol sang. Ein Fasan schrie. Sie hörte Insekten.

8

Es herrschte Unwetter. Rita schaute aus dem Fenster. Regen peitschte gegen die Scheibe. Alles Lose war in Bewegung geraten. Blätter, Müll, Stöckchen und Kassenbons wirbelten zyklisch, Pfandflaschen rollten und zerschellten. Es hatten sich Pfützen aus Scherben und Abwasser gebildet, deren Oberflächen zitterten. Rita machte sich einen Kaffee. Sie aß ein Brot mit Schmelzkäse. Sich für den heutigen Arbeitstag etwas vorzukochen, hatte sie nicht geschafft. Sie würde sich irgendwo was holen. Trotz der zwei Pullover, die sie trug, war ihr kalt. Sie zog Mantel und Mütze an und versuchte, das Haus zu verlassen. Doch der Wind war so stark, dass es ihr nicht möglich war, die Tür zu öffnen. Sie stemmte sich dagegen. Ein Spalt öffnete sich, doch die Tür schlug wieder zu. Sie rammte ihre Schulter dagegen. Ein Spalt, wie eben, nicht mehr. Ihre Schulter tat weh. Ein Ast krachte vor dem Haus auf den Weg. Sie schrieb Ilia, dass sie krank war, schwer krank, und dass sie niemanden anstecken wollte. Er schrieb ihr, dass sie sich ausruhen sollte. Und dass er sich melden würde, wenn es Neuigkeiten gäbe. Zurück an ihrem Küchentisch schaute sie auf die Fotos vom Tatort. Dann suchte sie etwas im Internet. Aber was, das wusste sie nicht. Es ging ihr heute besser als gestern.

Auch in mir tobt ein Sturm, schrieb Gerd Lampe. Anna antwortete nicht.

Warum begann noch mal jeden Tag ein Tag?

9

Ilia und seine Frau hatten vor kurzem eine neue Serie angefangen: *Lupin*. Darin ging es um einen rechtschaffenen Meisterdieb aus Frankreich: Assane Diop. Dieser Assane Diop beruhte auf einer Romanfigur: Lupin. Dieser Lupin wiederum beruhte auf einem Menschen: Marius Jacob. Auch wenn das Leben von Marius Jacob, der ein Anarchist und Verbrecher war, nichts mit dem Leben von Jonas Hartung zu tun hatte, so doch sein Tod. Es war etwas weit hergeholt, das musste Ilia gestehen, und er kannte das ja auch, dass man als Ermittler manchmal in jedem Zufall einen Hinweis erkennen wollte, man sich die Welt so machte, wie man sie sich wünschte – also als schlüssig ineinandergreifende Koordinaten aus Zeiten, Orten und Dingen, dass dieses zufällige (in Anführungszeichen) Finden von Hinweisen oft eine Verengung bedeutete, kein Weiten des Blicks. Aber wenn er die Erkenntnisse über das Telefon und Marilyn Monroe berücksichtigte – wie auch immer man dazu stand –, die zumindest eine Erklärung boten, eine stichhaltige, wenn auch keineswegs stichfeste, dann war er bei diesem Marius Jacob auf ein ähnliches Motiv gestoßen, sprich der Personalunion von Opfer und Täter.

»Wie ihr vielleicht wisst, schaue ich mit meiner Frau häufig Krimis. Und da haben wir vor kurzem eine neue Serie angefangen. Darin geht es um einen rechtschaffenen Meisterdieb aus Frankreich. *Lupin* heißt die. Uns hat die Serie gefallen. Vielleicht hier oder da ein wenig unrealistisch, aber gut gemacht. Auf jeden Fall habe ich mal ein bisschen was über die Serie gelesen. Wie man das eben macht. Sie basiert auf einer Romanreihe über Arsène Lupin, die ein gewisser Maurice Leblanc geschrieben hat. Das Ganze ist so was wie das französische Gegenstück zu Sherlock Holmes. Ein Gentleman-Dieb. Er hat ein gutes Herz. Schicke Kleidung. Diese Romanfigur nun geht zurück auf eine wirkliche Person, einen Mann namens Marius Jacob. Schon mal gehört?«

»Nein«, sagten alle durcheinander.

»Ich bis dato auch nicht. Marius Jacob war ein Anarchist und Verbrecher. Und er hat sich umgebracht. Mit Morphium. Vielleicht ist Marius Jacobs Abschiedsbrief berühmter als alles, was er davor getan hat. Also in gewissen Kreisen kennt man ihn zumindest. Er lautet, wartet«, Ilia scrollte auf seinem Handy, »*Linge lessivé, rincé, séché, mais pas repassé. J'ai la cosse. Excusez. Vous trouverez deux litres de rosé à côté de la paneterie. À votre santé.*«

»Was heißt das?«, fragte Kai Beller.

»So was wie: Wäsche gewaschen, gespült, getrocknet, aber nicht gebügelt. Ich habe keine Lust mehr. Sorry. Ihr findet zwei Liter Rosé neben dem Brotkorb. Zum Wohl.«

»Und?«, fragte Thorsten.
»Er hat nicht nur sich umgebracht, sondern auch seinen Hund«, sagte Ilia.
»Und?«, fragte Thorsten.
Ilia legte das Foto vom Tatort in Jonas Hartungs Wohnung auf den Tisch.
»Und?«, fragte Thorsten.
»Auf dem Rosé und auf dem Plastikhund sind keine Fingerabdrücke von Jonas Hartung gefunden worden. Sie könnten nach seinem Tod dort platziert worden sein.«
»Halt dein Maul«, sagte Rita.
»Wer?«, fragte Thorsten.
»Sie testet uns«, murmelte Rita.
»Die Mörderin«, sagte Ilia.
»Ist das euer Ernst?«, fragte Ha.
»Es waren Selbstmorde«, sagte Rita, »bezahlte Selbstmorde.«
»Die Marilyn-Monroe-Anspielung und die Marius-Jacob-Installation weisen zumindest darauf hin«, sagte Ilia.
»Weißt du eigentlich, wie viele Leichen mit Handys in ihren Händen gefunden werden?«, fragte Thorsten.
»Wie viele?«, fragte Ilia.
»Es fällt mir schwer zu glauben, dass sie von einer psychopathischen Pro-Life-Aktivistin stammen, die extra Spuren hinterlässt, damit wir sie finden«, sagte Thorsten.
»Pro-Life bin ich mir nicht sicher«, sagte Rita.
»Wir wissen, dass sie ihren Opfern Benzos und Opiate gegeben hat«, sagte Ilia.
»Woher wissen wir noch mal, dass es eine Frau ist?«, fragte Ha.
»Vielleicht eine Prostituierte, wie sonst sollte sie in Hartungs Wohnung kommen«, sagte Thorsten.
»Die Tür war aufgebrochen«, sagte Rita.

»Marius Jacob starb an Morphium. Marilyn Monroe starb an Barbituraten«, sagte Ilia.
»Fuck«, sagte Rita, »was war das *Erste*, was Herr Tamm uns gefragt hat?«
»Ich weiß«, sagte Ilia.
»Fuck«, sagte Rita.
»Was hat er denn gefragt?«, fragte Ha.
»Ob sich sein Sohn etwas angetan hätte«, sagte Ilia.
»Ist das wirklich euer Ernst?«, fragte Thorsten.
»Tamm wird als ein zurückgezogener, unnahbarer Mensch mit Ambitionen beschrieben«, sagte Rita, »vergrübelt, etwas verloren, romantisch prekär. Seine Umwelt hat vor allem eins in ihm ausgelöst: Scham. Und diese Umwelt, ja, was für einen Eindruck macht sie auf uns? Es herrschen Krieg, Krankheit, Hunger und Ungerechtigkeit. Dazu ist der Planet dem klimatischen Untergang geweiht. Man wird nicht geliebt. Und man hat es auch nicht verdient, geliebt zu werden. Gründe, sich dem entziehen zu wollen, gibt es zuhauf. Natürlich ist diese Sicht irre, irre schrecklich und irre traurig, auch weil man dem gegenüber so machtlos ist, aber doch Alltag, oder nicht? Jungs in seinem Alter töten sich. Das ist Statistik. Viele Männer reagieren verzweifelt auf das eigene Fehlen, die Welt zu retten, oder es fällt ihnen schwer, positive Effekte zu erkennen, an denen sie beteiligt sind. Man wird zum Mann, wenn der Drache besiegt ist. Nur dass dieser Drache DAX-Unternehmen oder die Armeen faschistischer Weltmächte sind und unbesiegbar scheinen. Nehmen wir also an, Sebastian Tamm will sterben, aber seine Freunde und Familie nicht noch belasten, mit diesem Versagen, seine Eltern, sein kleiner Bruder, niemand soll erfahren, dass er es nicht mehr aushält, dass er zu schwach (in Anführungszeichen) ist. Also beauftragt er jemanden, es wie Mord aussehen zu lassen.

Zwar gibt es so Trauer, aber keine Selbstvorwürfe. Niemand hätte es kommen sehen können, es besser machen können, ein Unglück, aber eins, das von außen kommt. Das können seine Eltern, hofft er, besser verkraften als die Wahrheit. Darum das Geld. Darum die Drogen. Er hat für seine Hinrichtung bezahlt, für das Verstecken dessen, was sie bedeutet. Auf Jonas Hartungs Fall passt es genauso. Was hatte die Welt für ihn in petto? Ein Leben vor dem Rechner, Hartz 5, sozial, ideologisch und körperlich schon mit Anfang zwanzig derart verkümmert, worauf hat der sich denn gefreut? Und erinnert euch mal an seinen Vater. Alkoholiker. Frau nimmt sich nach Geburt des gemeinsamen Kindes das Leben. Danach nie wieder die Bindung zu jemandem aufbauen können, ist ja auch klar, die Bindung zum Sohn verloren. Und trotzdem war da noch ein Funken Liebe, das hat man gespürt, oder Stolz, wenn er auch keine Möglichkeit fand, es auszudrücken. Vielleicht war diese Liebe auch umgekehrt da, und Hartung wollte seinen Vater einfach davor bewahren, den gleichen Schicksalsschlag zwei Mal zu erfahren. Als eine letzte Geste der Fürsorge.«

»Weißt du, was diese Theorie mit einer Avocado gemein hat?«, fragte Thorsten.

»Nein, was?«, fragte Rita.

»Sie ist ziemlich weit hergeholt.«

Ha lachte.

»Und weißt du, was diese Theorie mit Kate Moss in den Neunzigern zu tun hat?«, fragte Thorsten.

»Nein, was?«, fragte Rita.

»Sie ist verdammt dünn.«

Auch Kai Beller lachte.

»Aber weißt du, was ich am meisten an ihr hasse?«, fragte Thorsten.

»Nein, was?«
»Dass sie stimmen könnte.«

10

Es war 9:42 Uhr, ein Montagmorgen im April. Schülerinnen gingen zur Schule, Lehrer unterrichteten, einige schliefen noch, andere seit Tagen nicht mehr, die Calzonepizzen wurden in die Auslagen geschoben, es nieselte durchs Blätterdach der Buchen in der Eilenriede und in die Niki-de-Saint-Phalle-Passage am Kröpcke, als die Menschen in Hannover innehielten. Sie schauten hoch von ihren Schreibtischen. Sie schauten hoch von ihren Handys. Sie schauten hoch von ihren Tellern und Tassen. Sie schauten hoch von ihren Lenkrädern. Sie schauten hoch von ihren Kassen. Sie schauten hoch von ihren Zeitungen, und sie hörten, wie ein Tropfen in einen Ozean fiel, aber es klang, als fiele ein Ozean auf einen Tropfen. Sie wussten nicht, warum oder weswegen, aber sie spürten ein ganz bestimmtes Gefühl, und dieses Gefühl hieß Mitleid. Die Polizeipräsidentin war die Erste, die weinte. Gerade schrieb sie eine E-Mail, und sie schrieb: *Es freut mich, dass Sie aber ich bin einfach so unfassbar leer und erleichtert.* Patricia Pérez weinte, während sie eine Orange schälte. Neben ihr drehte sich ein Teebeutel in einer durchsichtigen Tasse, fünf Zentimeter neben ihrem Bauchnabel löste sich ein Menstruationskrampf. Rita, Ilia, Thorsten und Ha weinten. Die Tränen sammelten sich auf ihrem Bürotisch wie in einem Taufbecken. Die Säufer in den Kneipen weinten, aber sie merkten es nicht. Die Geheilten vor den Methadonausgabestellen weinten, und sie merkten es sehr wohl. C.H. Tillmann weinte, und er vergaß über seinen Tränen alle Schulden, die jemals jemand bei ihm gemacht hatte. Georg und Karin Tamm hörten für einen Moment auf zu weinen. Mats hatte einen Zahn bekommen. Auch er weinte nicht. Patrick Busches Körper lag im Altwarmbüchener Moor und versank tiefer in Torfschichten. Mona Kleinert sah zunächst ihre Dozentin eine Träne verlieren, dann ihre Mitstudis, bis ihr auffiel, dass auch sie weinte. Dabei schluchzte sie nicht. Ihr Gesicht war entspannt. Milan weinte im Schlaf. Und in seinem Traum war ihm, als wäre er nie geboren worden. Gerd Lampe weinte, aber niemand sollte ihn weinen sehen, das hatte er sich geschworen. Melanie und ihr Sohn Justus weinten einen kleinen Stausee in ihrer Küche und ließen darauf ein Papierboot fahren. Shirin Teile weinte auf einem E-Scooter. Zunächst, weil sie dachte, dass der Regisseur sie zur Sau machen würde, weil sie zu spät kam, aber dann, weil ihr klar wurde, dass sie nie wieder von einem Regisseur zur Sau gemacht werden wollte. Weil es okay war, zu spät zu kommen. Ernst Habicht weinte, weil er an Sebastian Tamm denken musste, an seine Art, das Adjektiv *saftig* zu verwenden. Er hatte noch nie jemanden getroffen, der mit einem so unscheinbaren Wort wie diesem in der Lage gewesen war, die Fülle und die Freude des Lebens zu beschreiben. Ganz Hannover trauerte um ihn. Die Kinder Bornums, die Jugendlichen aus Langenhagen, die Abiturienten aus Hemmingen und Wilkenburg, die Studis, die nur Zimmer in Kirchrode und Misburg gefunden hatten, weil sie aus dem Ausland kamen, die Hospitantinnen aus Vahrenwald, die KFZ-Mechaniker aus der Nordstadt, die Krankenpfleger aus Davenstedt, in Letter trauerten die Studienrätinnen, in Bothfeld die Programmleiter und Juristen, in Sahlkamp weinten die Rentner, in Wülfel die Verwirrten, in Bemerode die IT-Technikerinnen, in der Calenberger Neustadt die Besucher einer Synagoge, in Ledeburg die Besitzer einer Swingerbar, in Ahlem die Besitzerinnen einer Shishabar, in Hainholz und Brink-Hafen weinten die Mitarbeiterinnen des Kulturdezernats. Nur in einer Wohnung der Stadt, in einem Bezirk, der zwischen Ahlem und Linden liegt und Limmer heißt, saß eine junge Frau in einem Pyjama an einem Tisch und spürte nichts. Sie leckte über den Schleimzuckerstreifen eines Briefumschlags und schrieb einen Namen darauf. Dann legte sie ihn in eine Schublade voller solcher Briefe.

11

Die Arbeit der Polizei war es, Normalität durch ein Sieb laufen zu lassen und Verdacht zu schöpfen. Fand man einen, begann an genau dieser Stelle das Buddeln. Schichten von Alltag, Terminen, Abrechnungen und Zeugenaussagen wurden abgetragen, um Beweisadern freizulegen. Das Material aus den Beweisadern wurde vor Gericht gegen Bestrafungen eingetauscht.

Die Waterloostraße war von neun Etagen unterkellert, in denen Akten aufbewahrt wurden.

1. Beleidigung, üble Nachrede, Meineid, Falscheid
2. Hausfriedensbruch, Sachbeschädigung, Landfriedensbruch, Volksverhetzung, Brandstiftung
3. Diebstahl, Sachbeschädigung, Geldfälschung, Datenhehlerei, Erschleichen von Leistungen, Wucher, Gewässerverunreinigung

4. Störung der Religionsausübung, Wahlbehinderung, Personenstandsfälschung, Urkundenfälschung
5. Raub, Körperverletzung, Erpressung
6. Straftaten gegen die sexuelle Selbstbestimmung, Missbrauch, Zuhälterei, Menschenraub, Kinderhandel
7. Widerstand gegen die Staatsgewalt, Vorteilnahme, Bestechlichkeit
8. Straftaten gegen das Leben, Mord, Totschlag, Fahrlässige Tötung
9. Friedensverrat, Hochverrat und Gefährdung des demokratischen Rechtsstaats, Terrorismusfinanzierung

Da der Fahrstuhl bereits älter war, dauerte es eine Weile, bis Thorsten Gehlert im achten Untergeschoss ankam. Hier war auch das Archiv der als vermisst gemeldeten Personen. Ungelöste Fälle. Er durchforstete die Ermittlungsakten nach weißen, heterosexuellen, verloren wirkenden Männern und wurde reichlich fündig. Eine Handvoll Hefter tat er in seinen Aktenwagen und rollte weiter bis in den hintersten Teil des Kellers. Hier waren die Akten der Suizidfälle von Hannover und Umgebung. Obwohl Suizid und Suizidversuch als Ausdruck des Selbstbestimmungsrechts straffrei waren und nach Artikel 1 des Grundgesetzes unter die Unantastbarkeit der Menschenwürde fielen, im weiteren Sinne als freie Entfaltung der Persönlichkeit also die Freiheit bedeutete, lebensverlängernde und gesundheitserhaltende Maßnahmen abzulehnen, wurde im 8. Untergeschoss trotzdem eine Akte für jede und jeden aufbewahrt, der sich das Leben genommen oder es probiert hatte. Unscheinbare Ansammlungen von Papier, die vom Entsetzlichsten handelten, wo in knappen Sätzen Ort, Zeit und Methode notiert waren. Bilder von Erhängten, von zerrissenen Oberkörpern in Gleisbetten, von Gesichtern am Fuße der Hochhäuser. Zeitraum waren die letzten fünf Jahre. Irgendwo sollten sich Aussagen finden lassen, die nicht stimmten. Vor- und Nachnamen. Wohnorte. Angehörige. Auf jedem dieser Papiere könnte ein Wort stehen, das den Ermittlungen weiterhalf.

12

Eine Schulfreundin von Rita hatte im Fichtelgebirge ein Kind bekommen. Sie hatte ihr ein Foto des Neugeborenen geschickt. Mit geschlossenen Augen lag es in ihren Armen. Rita fragte sich, ob es ihr erstes oder ihr zweites Kind war. Sie fragte sich, wer der Vater war und ob sie ihn jemals kennengelernt hatte. Sie fragte sich, warum sie dieses Foto bekommen hatte. Seit dem zwanzigjährigen Abitreffen hatten sie kaum Kontakt gepflegt. Sie schrieb *Herzlichen Glückwunsch!* und sendete dazu das Emoji von Knalltüten. Es war 7:37 Uhr. Auf dem Wäscheständer hing der graue Pullover. Einer der Ärmel schwebte über dem Laminatboden.

13

Ha Liebli hockte im Fersensitz auf ihrer Matte, schaute auf einen Punkt zwischen ihren Handgelenken und wechselte dann in den Skorpion. Jeden Donnerstagabend war sie bei einem Yogakurs in einer kleinen Wohnung im 8. Stock des Ihme-Zentrums. Ihre Lehrerin Shirin Teile erklärte den sieben anwesenden Frauen, dass jede von ihnen die Fähigkeiten eines Skorpions hatte. Sie könnten stechen, und sie könnten anderen Schmerzen zufügen. Aber sie wollten das als Yogaübende, die dem Ahimsa verpflichtet waren, nicht tun. Der Skorpion war eine Sublimierung. Mit den Händen wären sie mit der Erde verbunden und mit den Füßen dem Himmel. So würden sie ihr inneres Gift neutralisieren und in positive Kraft umwandeln.

14

»Aber wie haben die Opfer mit der Killerin Kontakt aufgenommen?«, fragte Ilia. Er und Rita fuhren nach Springe, um mit Jonas Hartungs Vater zu sprechen.

»Wir können davon ausgehen, dass sie mit einem Einwegtelefon kommunizierten. Die Mörderin wollte zwar Spuren hinterlassen, aber keine, die sie direkt mit den Fällen in Verbindung bringen würden.«

15

Jonas Hartungs Vater salzte eine Kartoffel. Butter schmolz. Die Pelle schälte er mit seinen Fingern ab. Als die Sonne unterging, wurde es dunkel in seiner Küche. Er hatte kein Licht an und schien auch keins anschalten zu wollen. Er wusste nicht, was Rita und Ilia von ihm wollten. Auf der Fahrt zurück nach Hannover schwiegen sie.

16

Haben Sie unseren Sohn Patrick gesehen?, stand auf einem von 250 Zetteln, die an Ampeln, Bäumen, Hausfassaden und in Cafés, Kneipen und Restaurants angebracht waren. *Wir vermissen ihn. Wir haben Angst.* Darunter Schnipsel mit einer Nummer und dem Familiennamen Busche.

17

Ilia saß am Küchentisch. Vor ihm ein Glas mit Eiswürfeln und Wodka. Seine Frau kam dazu und sagte, dass es spät sei und ob er nicht ins Bett kommen wolle. Wegen der Kopfhörer konnte er sie nicht verstehen. Zum 14. Mal lief *It's nice to have a friend* von Taylor Swift. Seine Frau tippte ihm auf die Schulter. Er schaute hoch. Sie fragte, ob er nicht schlafen könne und was er da höre. Er antwortete, dass er noch arbeiten müsse, und einen Podcast. Sie gab ihm einen Kuss auf den Kopf und ging zurück ins Bett. Ilias Daumen berührte die gläserne Oberfläche seines Handys. Er lud eine App runter.

18

Dr. Happy fuhr mit seinem Porsche 924 langsam in die Ludwigstraße und winkte einer Frau zu, die dort in einem Gamingstuhl vorm Fenster saß. Sie winkte freundlich zurück. Er suchte nach einem Parkplatz.

19

»Es gibt ein Archiv der traurigen Männer«, sagte Ilia. Kai, Ha, Rita und Thorsten schauten ihn an.
»Und was ist das für ein Archiv?«, fragte Ha.
»Datingapp«, sagte Rita. »Ilia, du bist gut.«
»Denn was, wenn es andersherum war? Wenn Sebastian und Jonas nicht aktiv nach ihrem Tod gesucht hätten, sondern ausgesucht wurden, als potentiell suizidal, und reingelegt. Dazu überredet oder verleitet oder manipuliert, daran zu glauben, dass sie sterben wollen.«
»Catfishing?«, fragte Thorsten.
»Was ist Catfishing?«, fragte Kai Beller.
»Eine Art Online-Betrug. Man erstellt einen Fake-Account, meistens auf einer Dating-Plattform, mit besonders attraktiven Fotos, signalisiert Freizügigkeit, sexuelle Offenheit et cetera und versucht dann Geld zu erschleichen oder Werbung zu machen. Man muss bei diesen Apps oder Webseiten selten die Identität bestätigen. Ein Profil hat man innerhalb von wenigen Minuten hochgeladen«, sagte Ha.
»Hat Jonas Hartung Datingapp verwendet?«, fragte Kai Beller.
»Sicher«, sagte Rita, »und unsere Mörderin auch.«
»Das heißt?«, fragte Kai Beller.
Das hieß, dass die Polizei Hannover eine Sammlung aller heterosexuellen Frauen der Stadt zwischen achtzehn und dreißig Jahren anfertigte, die auf Datingapp waren. Denn unter diesen, so die Vermutung der Mordkommission, würde sich auch das Profil der Mörderin befinden.

20

Eine Kollegin vom BKA rief Rita an. Ein Fall, der sie vielleicht interessieren könnte, denn er passte ins Profil dieser Frau mit den rosa Handschuhen (es gab noch keine einheitliche Bezeichnung für den oder die Täterin). Ein junger Mann, wohnhaft in Bornum bei seinen Eltern, in Ausbildung zum Holzmechaniker, wurde seit ein paar Tagen vermisst. Patrick Busche.

21

Gerd Lampe hatte die Hoffnung aufgegeben, etwas von Anna zu hören. Warum auch? Er war Dreck, daran gab es keinen Zweifel mehr. Minütlich schaute er auf ihr Datingapp-Profil, um zu überprüfen, wie weit sie von ihm entfernt war. Er fragte sich, wie sie wohl nackt aussehen würde, wie sich ihre Brüste anfühlen würden, wie sich ihr Stöhnen anhörte, und stellte sich vor, wie er seinen Kopf in ihren Schoß legte und sie ihn festhielt, sie Arm in Arm einschliefen oder sie lachte, am Steuer eines VW Polos, mit 150 km/h über die B65 rasend, Rapsfelder im Gegenlicht, Sperma, wie er sie anschrie, wie er weinte und weinte, aber dann klingelte es an der Tür. Ein Paket. In dem Paket war ein Handy. Und ein Ladekabel. Und ein Zettel. *Kurzwahl 1, Bacio, Anna.*

22

Die Polizeipräsidentin stellte der Mordkommission acht Schutzpolizisten zur Verfügung, die über vierzig Fake-Accounts anlegten, um mit potenziellen Mörderinnen zu matchen. Sie achteten auf eine möglichst große Diversität: Sportler, VWL-er, Künstler, Feuerwehrmann, der Doktor, der Schluffi, Nerd aber hot, Cryptomillionär und so weiter. Mit einigen Aliases swipten sie nur selten nach links, mit anderen häufig, einige schrieben viel zurück, andere wenig. Alle Spielarten der App sollten abgebildet werden. Mal hatten sie lange, ausführliche und ernste Biografien, mal alberne kurze oder gar keine. Einige machten schnell klar, dass sie nur Sex wollten, andere behaupteten, an der wahren Liebe interessiert zu sein. Von jedem Profil einer Frau zwischen achtzehn und dreißig Jahren legten sie eine Kartei mit Fotos an und dokumentierten, insofern sie mit einem der Schutzpolizisten gematcht hatten, den Chatverlauf, die Entfernung von der Waterloostraße, das Onlineverhalten und alles Weitere.

In Hannover lebten etwa 50 000 Frauen zwischen achtzehn und dreißig Jahren. Von denen waren etwa 50 % Single. Also blieben 25 000 Frauen. Von denen identifizierten sich etwa 5-10 % als lesbisch. Blieben also noch circa 22 500 Frauen. Von denen verwendeten statistisch gesehen 42 % Onlinedating-Apps. Also gut 9000 Frauen. Bei einem Marktanteil von etwa 20 %, den Datingapp hatte, blieben circa 1800 Profile zu archivieren und zu überprüfen. Einige waren glücklicherweise mehr oder weniger inaktiv. Trotzdem waren der Aufwand und die Zeit, die in diese Ermittlungen ging, immens. Als Gerd Lampe, der zu den acht Schutzpolizisten gehörte, das Profil von Anna sah, also das von *Peter, 23*, schlug sein Herz schneller. Er swipte schnell nach links. Später war er mit ihr verabredet. Nach acht langen Tagen, in denen sie sich nicht gesehen hatten und er schon befürchtet hatte, dass nichts mehr aus ihnen werden würde. Sie hatte ihm erklärt, dass sie eine neue Nummer habe und sich deshalb nicht gemeldet hatte. Dass sie aber viel an ihn dachte und es romantisch fände, dass er nun ein Telefon besaß, mit dem er nur mit ihr kommunizieren konnte. Sie hatte ihn zu sich nach Hause eingeladen. Und auch, wenn er diesen Gedanken so gut es ging von sich fernzuhalten versuchte, so konnte er sich doch nicht verkneifen, zu hoffen, später noch zu ficken.

Gerd

Anna wohnte in einer Dachgeschosswohnung in der Dieselstraße in Limmer. Die Fassade des Hauses war mit Schieferplatten verkleidet, die im Licht der Straßenlaterne dunkel schimmerten. Der Bezirk lag im Nebel. Gerd meinte, ein Schiffshorn zu hören. Von hier bis zum Lindener Hafen waren es nur wenige Gehminuten. Seine Schuhe waren durchnässt. Normalerweise trug er bei diesen Temperaturen ein dickes Paar Socken über den Socken, doch zu einem Date war es ihm peinlich. Vielleicht war es zu früh, sich zu Hause zu treffen? Nicht, dass er sich aufsparen wollte, aber diese Grenze zur Privatsphäre zu überschreiten, konnte das Gefühl der Wahllosigkeit bei Verabredungen mit Fremden aus dem Internet verstärken. Einzudringen in dieses Ballungszentrum an Entscheidungen und Vergangenheit, das die eigene Wohnung darstellte. Wie man sich bewegte, den Lichtschalter umklappte, wie viele Zahnbürsten im Becher standen, wie es roch, all das konnte Gerd überfordern. Denn damit einher ging die Frage, ob man an diesen Ort passte. Anstatt eines feinen und genauen Kennenlernens, das Zeit brauchte und bei dem man langsam aufeinander zuging, mit der Realität des Gegenübers terrorisiert zu werden, hatte ihn ein ums andere Mal um potentielle Romanzen gebracht.
Das Geräusch, das ihm wie ein Schiffshorn vorgekommen war, kam aus dem Inneren des Hauses. Ein dumpfes, sinusförmiges Dröhnen. Auf sein Klingeln machte niemand auf. Er hatte nichts mitgebracht, nicht mal ein paar Bier von der Trinkhalle oder Chips. Auch beim zweiten Klingeln öffnete niemand. Fast erleichterte es ihn. Er könnte nach Hause gehen, sich Essen bestellen und eine Serie gucken. Plötzlich öffnete sich ein Fenster im ersten Stock. Das Dröhnen war wohl

eine Form von Musik, die Anna hörte. Höhen und Mitten, vorher gedämpft, krachten nun in die bleierne Nachtluft. Anna schaute ihn an. Sie strahlte. »Du bist ja pünktlich!«, rief sie. »Warte.«

Gerds Nase lief. Er wischte den Schnodder mit dem Handrücken weg. Als sich die Tür öffnete, fiel ihm Anna um den Hals und zog ihn in die Wohnung.

»Ich habe dich vermisst«, sagte sie, »du siehst gut aus.«

Er hatte ein buntes Hemd an. Anna hatte ihren Look komplett verändert. Sie trug eine Jeans mit orangenen Flicken, kiwifarbene Leinensandalen, ein T-Shirt und darüber eine Cordweste von Carhartt.

»Cooles Shirt«, sagte Gerd, als er sich die Schuhe auszog.

»Ah, kennst du?«

Auf dem T-Shirt war das Gesicht eines Mannes mit Hut abgebildet.

»Nee, wer ist das?«

»Peter Kürten.«

»Nie gehört«, sagte Gerd und lachte.

»Das ist so ein Wissenschaftler, den ich mag.«

Anna gab ihm ein paar Schlappen, die wie Tigerpfoten aussahen.

»Die müssten passen«, sagte sie, wobei sich Gerd nicht sicher war, ob sie seine Schuhgröße oder das Outfit meinte.

»Solche hatte ich als Kind«, sagte er.

»Hast du Kondome dabei?«, fragte Anna.

»Wie meinst du?«

»Kondome.«

»Ähm, ja, oder«, sagte er.

Sie schaute ihn an und neigte den Kopf zur Seite. »Tu sie bitte da rein.« Sie zeigte auf ein Schüsselchen neben dem Eingang, »brauchen wir heute nicht.«

»Okay, okay? Okay«, sagte Gerd.
Er tat die Kondome in das Schüsselchen.
Die beiden gingen eine Treppe hoch.
»Wohnst du alleine hier?«, fragte Gerd.
»Setz dich«, sagte Anna, »was zu trinken?«
»Sorry, ich hab gar nichts mitgebracht, ich –«
»Tsss«, sagte Anna.
Da die Decken des Zimmers wegen der Dachschrägen wenig Platz gaben, hatte Anna eine Sofagarnitur gekauft, die aus flachen, minzfarbenen Frotteewürfeln bestand.
»Unten wohnt eine ältere Frau, der das ganze Haus gehört. Aber die ist den Winter über in Griechenland.«
»Seit wann wohnst du hier?«
»Ein«, sagte Anna und goss Dr Pepper, Gin und einen Bitterlikör in zwei mit Eiswürfeln gefüllte Gläser, »bisschen.«
»Cool«, sagte Gerd.
»Dr Groni.« Sie überreichte ihm das Glas. »Hab ich mir selbst ausgedacht.«
Gerd nahm einen Schluck, schauderte und schaute sich in der Wohnung um. Anna besaß Gegenstände, die andere auch besaßen, nur in schöneren Varianten. Zum Beispiel dieses Sofa. Nicht nur machte sich die Farbe gut, es war auch gemütlicher als alle anderen Sofas, die Gerd kannte. Das Licht der Kerzen im Raum war wärmer, die Gläser geschwungener, aber nicht auf diese doofe Art wie in Drei-Sterne-Hotels, sondern tatsächlich stilvoll. Eine Eigenschaft, mit der Gerd, wie er feststellte, sonst kaum in Berührung kam. Aber man merkte den Unterschied sofort, wie zwischen frischem und tiefgefrorenem Fisch.
»Komm mit«, sagte sie.
Die beiden gingen vom Wohnzimmer in die Küche, wo ein Kühlschrank mit Flügeltüren stand, der Eiswürfel machen

konnte. Natürlich hatte sie einen Gasherd. Die Propanflasche war unter der Spüle, erklärte sie, denn es gab in der Wohnung keinen Anschluss. An Ketten, die von der Decke hingen, waren Regale mit Gewürzen, Blumen und Kräutern angebracht. Um der Landhausgrandezza etwas entgegenzusetzen, hatte Anna Hochglanzposter von Flugzeugen an die Wände gehängt, deren Machart irgendwo zwischen Café Paris und Sozialistischem Realismus anzusiedeln war. Jeder Stuhl ein anderes Modell, jede Tasse ein Unikat, selbst der Kaffeekocher hatte eine Form, die zwar sofort Sinn ergab, die Gerd aber so noch nie gesehen hatte.

»Weißt du, was ich an Niedersachsen liebe?«, fragte Anna. Ohne auf eine Antwort zu warten, holte sie eine Flasche Kümmel aus dem Gefrierfach und servierte den beiden einen Hardenberg. »Hardenberg.«

»Auf deine liebe Einladung«, sagte Gerd.

»Auf dich«, sagte Anna.

»Nein, auf dich.«

»Okay«, sagte Anna, »dann auf mich.«

Sie nahm Gerd an der Hand und führte ihn in den Flur. Dort waren zwei Türen.

»Hinter der einen ist mein Schlafzimmer, und hinter der anderen«, sie machte eine kunstvolle Pause, »ein Geheimnis, okay?«

»Okay«, sagte Gerd.

»Da darfst du nicht rein«, fügte sie mit einem Lächeln hinzu.

Zurück auf der Couch saßen sie nicht nah beisammen, aber auch nicht weit voneinander entfernt. Anna redete etwas mehr als Gerd, was ihn entspannte. Sie fragte nach seinen Hobbys, seinen Meinungen, welche Kinofilme er in letzter Zeit so mochte, wie viele Geschwister er hatte und nach allem, was bei ihrem ersten Treffen noch tabu gewesen war.

Das Tolle war, dass es sich nach einem Kennenlernen anfühlte und nicht nach dem Taktieren einer Balz. Anna hatte ein aufrichtiges Interesse an ihm, genoss es aber genauso, von sich zu erzählen. Es passte. Es war überhaupt nicht kompliziert. Da konnte sie noch so cool wirken, am Ende war sie einfach eine wunderbare und nahbare Person, die ein Gegenüber suchte. Sie mixte einen weiteren Dr Groni, und irgendwann tranken sie zwei weitere Kümmel, und dann stellten sie sich ans Fenster und rauchten, wobei beide eigentlich nicht mehr rauchten, wie sie bemerkten, und darum teilten sie sich die Zigarette, und darum meinte Gerd, Annas süßen Speichel am Filter zu schmecken. Je länger der Abend dauerte und Gerd erzählte, sogar von seinen Eltern, dem kleinen, sanierungsbedürftigen Haus in Stadthagen, vom fehlenden Geld, von seinem Bedauern darüber, weniger zu verdienen als sie und sie nicht auffangen zu können, wenn sie mal Hilfe brauchen würden – überhaupt von der Frage nach Pflege, in welcher Verantwortung man seiner Familie gegenüber stand –, und schließlich von seiner Unsicherheit, davon, wie ihn das mit der Mütze beschäftigt hatte, dass er, und dabei musste er lachen, herzhaft lachen, sogar dachte, diese Mütze sei ein Zeichen dafür, dass er seinem Leben nicht gewachsen war, nie sein würde, dass er nicht in der Lage wäre, die Rolle auszufüllen, die er sich entschlossen hatte einzunehmen, desto häufiger schielte Gerd zur Tür, die zum Flur führte, hinter der zwei weitere Türen lagen, und dachte an die Kondome im Schüsselchen bei der Treppe. Das Dröhnen und Fiepen der Musik, das er vor ein paar Stunden noch von draußen gehört hatte, war mittlerweile ins Melodiöse verebbt. Und wie treffend sie das beschrieben hatte. Dass er jemand sei, der zwar nicht viel sagte, aber doch viel dachte! Sie hatte ihn als das zarte Wesen erkannt, das er war, als einen verletzlichen, aufgeweckten Mann mit Bedürfnissen. Plötzlich fand er Worte für sein Gefühlsleben, das ihm vorher verschlossen geblieben war. Er sah Verbindungen von Erlebnissen in seiner Kindheit zu Gewohnheiten, etwa, auch wenn das albern klang, aber so war es nun mal, seinem großen Appetit auf Hühnchen: weil der Geschmack ihn daran erinnerte, wie sein Vater ihn von der Schule abgeholt hatte, um gemeinsam beim *Hähncheneck* Pommes und halbe Hähnchen zu essen, einem kleinen Imbiss in Stadthagen, den es schon lange nicht mehr gab. Waren es nicht diese nebensächlichen Erkenntnisse, die es vermochten, das Ganze zu beschreiben? Für einen Moment war sich Gerd sicher, dass das Wesen der Menschheit nur aus einer Betrachtung des Banalen heraus zu verstehen wäre – alles andere war Blendwerk, das Exaltierte, der Rausch –, dass eine Kartografie der Befindlichkeiten nur anhand von Alltäglichem zu erstellen war. Und genau das wollte er Anna genau jetzt erklären. Sie hatte eine Daunenfeder aus einem Kissen gezogen und drehte sie zwischen den Fingern.

»Magst du es, gestreichelt zu werden?«, fragte sie.

Sie ging ins Schlafzimmer und bedeutete Gerd, ihr zu folgen. Der Boden war mit einem hochfransigen Teppich ausgelegt. Ihre Kommode und ihr Kleiderschrank bestanden aus Spiegeln. An der Wand hing ein barockes Gemälde, das eine Schlacht nackter Engel und Götter gegen ein Meeresungeheuer darstellte. Wellen brausten, Speere flogen, Dolche waren jäh gezückt. Über ihnen hing ein Kronleuchter aus bunten Plastiktropfen, das Licht war gedimmt. Eingerahmt von kniehohen Vasen mit Lilien und Orchideen (so dachte zumindest Gerd, dessen Kenntnis der botanischen Nomenklatur in etwa so weit reichte, wie sein Daumen von der Hand abstand – tatsächlich waren es die Blüten eines Kapernstrauchs, Eberesche und Mönchspfeffer), stand ihr Bett. Anna bat ihn, sich hinzulegen, aber als er sich sein Hemd ausziehen wollte, schüttelte sie den Kopf.

»Krempel deinen Ärmel hoch«, sagte sie.

Er krempelte den Ärmel hoch. Sie legte sich neben ihn und fuhr langsam mit der Feder über seinen Arm. Es kam ihm vor, als spürte er diesen Teil seiner Haut zum ersten Mal, den Schutz, den sie zwischen seinen Innereien und der Welt herstellte. Die Kraft, die dieser Arm hatte, seine Fähigkeit, damit nach etwas zu greifen, ihn anzuspannen, jede Faser seiner Muskeln, das Blut, das rotierte, all diese Dinge wurden ihm bewusst unter der Berührung der Feder. Er sah die blonden Härchen, seine Sommersprossen, die winzigen Fältchen auf den Fingerkuppen, die Sehnen, die sich von seinem Handgelenk zum Ellenbogen spannten. Er hatte seinen Körper als selbstverständlich angenommen, dabei war es ein ehrwürdiges Gefäß voller Details und Wunder.

»Schenkst du mir diesen Arm«, flüsterte sie.

»Was willst du damit machen?«, flüsterte Gerd.

»Vielleicht schneide ich ihn dir ab.«

»Das wäre nicht nett.«

»Findest du?« Anna zog sich ihre Weste aus.

»Finde ich.«

Sie zog sich ihre Socken aus. »Woran arbeitest du eigentlich gerade?«, fragte sie.

»Wie meinst du das?«

Ihre Zehennägel blitzten.

»Bei der Polizei«, sagte sie.

»Über laufende Ermittlungen darf ich nicht sprechen.«

»Ach«, sagte Anna und öffnete den obersten Knopf seines Hemdes.

»Das ist gemein.«

»Was?«, fragte sie.
Sie öffnete den nächsten Knopf und fuhr mit der Feder über sein Schlüsselbein.
»Ich finde das gar nicht gemein«, sagte sie.
Seine Erektion zu verbergen, war zu diesem Zeitpunkt nicht mehr denkbar.
»Wenn das rauskommt, könnte ich meinen Job verlieren.«
»Es interessiert mich einfach. Dein Alltag. Die Einzelheiten, davon hast du doch gerade gesprochen. Die Kartografie unserer Befindlichkeiten.«
»Ja«, sagte Gerd, »das stimmt.« Und so erzählte er, während sich die Feder der Beule in seiner Hose näherte, von der Datingapp-Taskforce. Dass er für die Mordkommission einen Katalog möglicher Verdächtiger in den Fällen Jonas Hartung und Sebastian Tamm anlegte. Rita Aitzinger – sie hatten bereits beim ersten Treffen von ihr geredet – glaubte, dass der Mörder seine Opfer so kennengelernt habe. Also die Mörderin, fügte Gerd hinzu, und wie idiotisch er und seine Kollegen das fänden. Pure Zeitverschwendung.
»Das sind alles Steuergelder«, sagte Anna.
»Oder?«, fragte Gerd.
»Ich geh mal kurz pissen«, sagte sie und legte die Feder auf seine Nasenspitze.
»Soll ich dich auch gleich streicheln?«, fragte Gerd.
»Bleib einfach so.«
Sie ging. Eine Minute verstrich. Oder mindestens so viel Zeit, dass Gerds Glied erschlaffte.
»Anna?«, fragte er.
Keine Antwort.
Er ging in den Flur. Aus dem Zimmer, das Anna ihn gebeten hatte, nicht zu betreten, kam Licht.
»Anna, bist du da?«

Keine Antwort. Er schaute durch das Schlüsselloch. Aber das Einzige, was er erkennen konnte, war ein schwarzer Plastikkoffer. Langsam drückte er die Klinke runter.
Die Klospülung war zu hören. Er hastete zurück ins Bett. Als Anna wiederkam, musste er kichern.
»Was ist?«, fragte sie.
»Nichts«, sagte Gerd.
»Was ist, sag schon.«
»Nichts, wirklich.«
»Okay.« Ihre Arme waren verschränkt.
»Entschuldigung«, sagte Gerd.
»Entschuldigung für was?«, fragte Anna.
»Dass ich so lachen musste.«
Anna setzte sich auf die Bettkante. »Warum musstest du lachen?«
»Keine Ahnung.«
»Habe ich was falsch gemacht?«
»Was, aber nein, nein!«, rief Gerd.
»Du findest mich komisch, oder?«
Dass nun ausgerechnet Anna unsicher geworden war, machte sie in Gerds Augen zu nichts weniger als einer Heiligen.
»Ich bin eine Katastrophe«, sagte Anna.
»Aber nein, überhaupt nicht!«
Es sah aus, als wäre sie den Tränen nahe.
»Das ist es nicht«, sagte er und legte seinen Arm um ihre Schultern. Sie wich ihm aus.
»Ich habe –«, begann Gerd.
Anna starrte ihn an.
»Ich habe versucht, in das geheime Zimmer zu gucken, weil Licht gebrannt hat. Und als du zurückkamst, keine Ahnung, da habe ich mich so ertappt gefühlt, darum musste ich lachen.«

»Du hast was?«
»Tut mir leid.«
»Aber ich hatte dich doch darum gebeten, das Zimmer in Ruhe zu lassen.«
Gerd konnte nicht ausmachen, ob Anna wirklich verletzt war oder ob es ein Spiel war.
»Ich habe dich hier zu mir eingeladen«, sagte sie.
»Ich weiß«, sagte Gerd.
»Und du bespuckst meine Gastfreundschaft.«
»Nein, ich –«
»Wie wäre es denn, *Gerd*«, sagte Anna, »wenn ich dich bespucken würde?«
»Was«, stammelte Gerd.
Sie spuckte ihn an.
»Wie findest du das?«
»Hey!«
»Soll ich dich auch ein bisschen würgen?«
Sie legte ihre Hände um seinen Hals und spuckte ihm wieder ins Gesicht.
»Findest du das heiß?«
Sie steckte ihm ihren Ring- und Mittelfinger in den Rachen.
»Nwein, wuas«, sagte Gerd, der mit einem Würgereiz kämpfte.
Sie stieß ihm die beiden Finger immer wieder in den Mund.
»Bwiete, bwie-tche laff daf, rhwilfe!«
Sie gab ihm eine Ohrfeige und verschmierte Speichel in seinem Gesicht.
»Made.«
»Ich sage doch, es tut mir leid, Anna, es tut mir leid.«
»Habe ich dir erlaubt, meinen Namen auszusprechen?«
»Was, ja, sorry –«
Sie ließ von ihm ab.

»Raus.«
»Sorry sorry sorry sorry sorry«, sagte Gerd.
»Raus«, sagte Anna. Ohne ihn weiter zu beachten, begann sie das Geschirr aufzuräumen. Gerd wollte ihr helfen, aber sie schnappte ihm das Glas aus der Hand.
Raus, hatte sie gesagt. Er packte seine Sachen. »Entschuldigung«, sagte er. Und stand einfach da.
»Made«, sagte Anna und setzte sich mit ihrem Handy aufs Sofa. Anhand der Geräusche konnte Gerd ausmachen, dass sie mit jemandem auf Datingapp schrieb.
»Fuck, Anna, aber –«, sagte er.
Keine Antwort. Kein Blick.
»Es tut mir leid.«
»Meine Fresse«, sagte Anna.
»Aber –«
»Muss ich die Polizei rufen?«
»Nein.«
Gerd ging.
Anna setzte sich auf den Plastikkoffer im Nebenzimmer, zog eine Schublade mit Handys auf, jeweils mit einem Namen beschriftet, und löschte ihr Profil auf Datingapp. Danach formatierte sie die Festplatten, schmiss die Geräte in einen Bräter und kochte sie für den Rest der Nacht auf niedriger Flamme. Morgen würde sie sie in den Mittellandkanal schmeißen.

Vier

1

Der Chefredakteur der HAZ rief Fatma de Jong in sein Büro.
»Die Quelle?«, fragte er.
»Darf ich nicht preisgeben«, sagte sie.
»So können wir das nicht drucken«, sagte er.
»So müssen wir es aber drucken«, sagte sie.

2

Die Ermittlungen verliefen im Nichts. Sechs Tage hatte die Datingapp-Taskforce unermüdlich geswipt und einen umfangreichen Katalog aller Frauen auf der Plattform angelegt. Mit einigen waren sie im Gespräch, aber besonders aufgefallen war niemand. Die Angelegenheit wurde heikel, wenn Dates verabredet wurden, denn wie sollten sich die Beamten bei den Treffen verhalten? Einigen schien es schwerzufallen, den Möglichkeiten einer tatsächlichen romantischen Interaktion abzusprechen, sodass es bereits den Fall gab, dass sich ein Polizist unter Alias in eine Physiotherapeutin aus Kleefeld »verliebt« hatte, wie er Rita unter Tränen gestand. Er wollte ihr so gerne alles sagen, aber er wusste, dass das nicht ging. Für sie war er ein verwitweter Mathematik- und Sportlehrer, der nie seine Neugierde aufs Leben verloren hatte. Und nun frustrierte es ihn, dass dieser Persona offenbar eine andere Welt offenstand als ihm. Bald beschwerten sich auch die ersten Partnerinnen der Taskforce-Mitglieder. Sie hatten Angst, betrogen zu werden. Ihre Männer verhielten sich in letzter Zeit so merkwürdig. Aber das war noch nicht das Schlimmste. Nach neun Tagen Ermittlungen via

App erschien ein Artikel von Fatma de Jong in der HAZ, der den Titel *Die verschwendete Zeit der Datingapp-Taskforce* trug und in Länge und Breite von der Hirnrissigkeit dieses Versuchs berichtete. Jemand hatte Rita an die Presse verraten.

Mit dem Zeitungsartikel in der Hand ging sie zu Thorsten Gehlert.

»Kannst du mir etwas dazu sagen?«, fragte sie.

»Ich bin darüber genauso erschrocken wie du«, sagte er.

Fünf Minuten später steckten sie in einem von Jähzorn, Müdigkeit und Ressentiments verzerrten Streit, in dem Rita Thorsten als versoffenen Faschisten beschimpfte und Thorsten Rita als Psychoemanze. Sie steigerten sich in ein Gezeter aus Beleidigungen hinein, die so schwer wogen, dass beide gut daran taten, sie unmittelbar wieder zu vergessen. Wobei das Abscheulichste und Reuevollste für Rita war, dass sie, je länger sie keiften, immer sicherer wurde, dass Thorsten sie unter keinen Umständen an die HAZ verpfiffen hätte, sondern dass er, wenn auch eine unmögliche Person, ein integrer Polizist und Kollege war, der sie oder die eigene Institution nie hintergehen würde. Außerdem hasste er die Presse, was er nicht müde wurde zu betonen. Woraus sich die Frage ergab, wer es sonst gewesen sein könnte. Einer der Schutzpolizisten? Eine der Partnerinnen? Ha, Ilia? Vielleicht einfach Kai Beller, redete sich Rita ein. Und konfrontierte auch ihn. Aber Beller ließ ihre Vorwürfe abprallen und betonte, dass es an der Zeit wäre, Fortschritte zu machen. Dass das Priorität hätte. Denn bisher hatten sie nichts als einen Verdacht und keine Beweise. Dass Kai Beller während dieses Gesprächs durchgehend lächelte, schürte Ritas Wut ins Unermessliche.

Die Polizeipräsidentin rief Rita und Ilia zu sich. Sie wollte wissen, wie es weitergehen würde, denn nicht nur warf die

Presse ein peinliches Licht auf ihre Behörde und damit den gesamten Staatsapparat, sondern es gebe auch Druck von oben, von der Bürgermeisterin höchstpersönlich. Dazu kam, dass Ilia und Rita noch für eine Vielzahl anderer Verbrechen zuständig waren. Sie seien Beamte, Beamtinnen, die einer Effizienzpflicht unterlagen. In Vahrenheide wurde eine Frau totgeprügelt, und ihr Ehemann war verschwunden. In Laatzen hatten zwei Maskierte eine Tankstelle überfallen, wobei tödliche Schüsse gefallen waren. Dann sei da noch das Verschwinden dieses jungen Mannes aus der Nordstadt, Patrick Busche – sie hätten die Aushänge sicher gesehen. Hatten sie. Aber was nun ihr Plan bezüglich Tamm und Hartung sei, müssten sie ihr bitte noch mal erklären. Ihre verquere Theorie eines Selbstattentats, wie sie sich ausdrückte, sei mehr als verquer. Rita berichtete ihrer Vorgesetzten, dass sie herausgefunden hätten, dass Ernst Habicht wegen einer sexuellen Straftat vorbestraft war, und dass sie alles daransetzen würden, sein Alibi für die Mordnacht irgendwie ins Wanken zu bringen oder Indizien zu finden, die ihm das Wasser legen könnten, das Handwerk legen, meine sie, verbesserte sie sich, aber es gab kein Vorankommen.

»Uns fehlen die Beamten der Datingapp-Taskforce auf den Straßen und hinter den Schreibtischen. Und wenn ich das mal so sagen darf, Aitzinger, auch oder gerade weil ich Ihre Arbeit grundsätzlich schätze, das war die mit Abstand dümmste Idee, die jemals jemand hatte.«

»Es war auch meine Idee«, sagte Ilia, den die letzten zwei Wochen sichtlich mitgenommen hatten.

»Ich weiß«, sagte die Polizeipräsidentin.

Rita sagte nichts.

»Haben Sie mich verstanden?«, fragte die Polizeipräsidentin.

»Ja, Frau Polizeipräsidentin Ratz.«

»Die Taskforce wird mit sofortiger Wirkung eingestellt.«
»Verstanden, Frau Polizeipräsidentin Ratz.«

3

In dem Raum, in dem die acht Schutzpolizisten auf ihre Handys starrten, war schlechte Luft. An den Wänden hingen Screenshots von Datingapp-Profilen und Chatverläufen. Ilia öffnete ein Fenster. Der Luftzug ließ die DIN-A4-Blätter zittern. Vor kaum einer Woche war dieser Raum noch eine Oase der Hoffnung gewesen, nun erzählte er vom Scheitern. Und von der Dummheit. Und von der ewig sterbenden Hoffnung der Kriminalpolizei.
»Schaltet die Handys aus«, sagte Rita.
Sieben der acht Männer schauten sie an. Gerd Lampe hörte Musik.
»Die Taskforce wurde eingestellt.«
Ilia begann, die Unterlagen in Kartons zu sortieren. »Ihr könnt zurück zu euren Dienststellen«, sagte er.
Unsicher standen sie auf, legten die Telefone auf die Tische und räumten ihre Sachen zusammen. Alle vermieden die Blicke ihrer Vorgesetzten.
»Hey, aufwachen«, sagte Rita.
»Hm?«, sagte Gerd. Er nahm die Kopfhörer ab.
»Es ist vorbei«, sagte sie.
»Was?«, fragte er.
»Das«, sagte Rita.
»Okay«, sagte Gerd, blass, nach Alkohol riechend.
»Entschuldige kurz«, sagte Ilia. Er lief einem der Schutzpolizisten auf dem Gang nach.

»Was ist mit Lampe?«, fragte er.
»Liebeskummer. Oder was weiß ich. Hört immer wieder denselben Song.«
»Immer wieder denselben Song?«
»Seine Kopfhörer sind auf einer Seite kaputt, darum hört man das.«
»Was für einen Song?«, fragte Ilia.
»Von so ’nem Mädchen. Kenn ich aber nicht.«
»Danke«, sagte Ilia.
»Endlich ist der Unfug vorbei, was?«, sagte der Schutzpolizist.
Ilia schaute ihn an und überlegte, ob es okay wäre, diesen Mann zu beleidigen, aber er hielt sich zurück, weil er nicht wollte, dass das Arbeitsklima seinetwegen litt. »Es war ein Versuch«, sagte er, »hätten wir etwas gefunden, sähe es jetzt anders aus.«
»Vielleicht«, sagte der Schutzpolizist.
»Danke für Ihre Arbeit«, sagte Ilia.
Gerd Lampe ging an den beiden vorbei und nickte.
Als Ilia zurückkam, hockte Rita über den Kartons. Ihr Körper verkrampfte sich im Takt ihres Atems.
»*Five Guys* und tausend Biere?«, fragte Ilia.
Rita nickte. Ihre Tränen fielen auf das Bild einer Frau am Strand, unter der *Melissa, 28* stand.

4

Das letzte Mal, dass Rita einen Burger gegessen hatte, war vor der Pandemie. Es war keine bewusste Entscheidung gewesen, damit aufzuhören. Es hatte sich so ergeben. Sie wollte gesünder leben. Dinge tun, die ihr guttaten. Auch wenn sie manch-

mal den Impuls verspürte, fett zu werden, Fleisch, Fries, Wings und Shakes in sich reinzustopfen, wusste sie, dass es ihr danach schlecht gehen würde. Dass der Nachgeschmack der billigen Hackfleischpatties sie traurig machte. Dass es ein kleiner, buttriger Tod war, der in den Brioche Buns schlief. Spätestens nach ihrem Beschluss, sich vegetarisch zu ernähren, hatte sie mit diesem Lebensmittelabschnitt abgeschlossen. Außerdem fand sie die Vorstellung, dass die Konsumentscheidungen Einzelner keinen Einfluss auf die Umwelt hatten, feige. Und sie wollte nicht mehr feige sein. Sie wollte ihre Umwelt positiv beeinflussen.
Trotzdem oder gerade aus dem Bewusstsein heraus, etwas Besonderes zu tun, der Schwere der Situation entsprechend, in der sie sich befand, erfüllte es sie mit Freude, zwei Bacon Cheeseburger mit Hot Sauce zu bestellen. Wer seinen Frust mit Junkfood bekämpfen möchte, sollte die bescheidene Kapazität eines Magens nicht an Pommes verschwenden. Ilia und sie saßen bei *Five Guys* auf der Bahnhofstraße und hatten jeder bereits ein großes Beck's getrunken.
»*Elena* oder *C'est la vie*?«, fragte Ilia.
Viel gesprochen hatten sie bisher nicht.
»*C'est la vie*«, sagte Rita.
Ilia wusste, was diese Entscheidung bedeutete. Sie würden nicht mit dem Saufen aufhören, bis das Sprachzentrum aussetzte. Das *C'est la vie* war einer der wenigen Läden in Hannover, die auch unter der Woche erst morgens schlossen. Hier trafen sich die, für die Trinken keine soziale Komponente mehr hatte, sondern fester Bestandteil ihres Alltags war. Das konnten sowohl 96-Fans als auch Besucherinnen vom Schauspielhaus sein, Anwälte, Buchhändlerinnen oder Bürgergeld-Beziehende. Es war noch früh. 21 Uhr. Die beiden ließen sich ein Einbecker und einen Wodka nach dem ande-

ren auf den Deckel schreiben. Je länger sie dort saßen, desto häufiger dachte Rita darüber nach, den Kellner zu fragen, ob er ihnen Kokain verkaufen könnte.
»Patrick Busche, seit über einer Woche verschwunden«, sagte Ilia.
»Ich weiß«, sagte Rita.
Auch wenn sie vor dem Essen ausgemacht hatten, abgesehen von lästern nicht über die Arbeit zu reden, konnte sich Ilia nicht zurückhalten, doch ein paar Überlegungen anzusprechen. Natürlich eingeleitet vom selben Ich-weiß-wir-wollten-nicht, das den meisten wichtigen Gesprächen des Lebens voranging.
»Wir sollten uns Gerd Lampe vornehmen.«
»Hab ich auch schon gedacht«, sagte Rita.
»Sein Kollege meinte, er höre die ganze Zeit den gleichen Song.«
»Wollen wir Kokain kaufen?«, fragte Rita.
»Nein«, sagte Ilia.
»Oder Trato?«
»Könnte doch sein, dass Lampe mit der Mörderin im Kontakt war und es genau deshalb verschwiegen hat.«
»Haben Sie Tramadol und Tavor?«, fragte Rita den Kellner.
»Rita!«
»Ist ja gut.«
»Haben wir nicht«, sagte der Kellner.
»Aber 'ne Packung Camel Blau?«
»Warum nicht«, sagte Ilia.
Während er mit dem Zigarettenautomaten kämpfte, hörte Rita zwei Studentinnen dabei zu, wie sie sich darüber aufregten, dass zu viele alte weiße Männer das Sagen hatten und die Strukturen am Theater vertikaler seien als der Kilimandscharo.

»Versteht ihr nicht, dass politische Ideale an Kunst zu koppeln bedeutet, sie in Moden zu verwandeln und damit in Produkte eines Kulturmarkts, der mit Kulturkampf oder gesellschaftlichen Veränderungen nichts, aber auch gar nichts, zu tun hat?«
»Und du bist noch mal wer?«, fragte die, die ihren Schwerpunkt auf Szenografie hatte.
»Entschuldigung, meine Kollegin ist betrunken«, sagte Ilia.
»Vor allem hat sie keine Ahnung«, sagte die, die ihren Schwerpunkt auf Kostümbild hatte.
»Ist ja auch egal. Gibt bald eh nur noch Boulevardtheater«, sagte Rita.
»Sag mal, hast du das gesehen?«, fragte Ilia.
»Was?«, fragte Rita.
»Die Scheibe.«
»Ist die Vorlesung also vorbei?«, fragte die, die ihren Schwerpunkt auf Szenografie hatte.
»Vorbei vorbei«, sagte Rita.
Die Fensterscheibe des *C'est la vie* war von innen eingeschlagen.
»Was ist denn da passiert?!«, fragte Rita den Kellner, auf Splitter und Panzerband zeigend.
NDR 2 lief.
»Und du bist noch mal wer?«, fragte der Kellner.
Whole Again von Atomic Kitten.
»Kriminalpolizei Hannover, wir halten nach Kneipen Ausschau, die mal 'ne Razzia vertragen könnten«, sagte Rita.
»Daher die Frage nach Trato?«
»Genau genau«, sagte Rita.
»Gab vor 'n paar Tagen 'ne Schlägerei.«
Der Kellner räumte Softdrinks in einen Kühlschrank.
»Was heißt das, vor ein paar Tagen?«, fragte Ilia.

»Samstagnacht«, sagte der Kellner.
Heute war Mittwoch.
»Looking back on when we first met«, sagte die Studentin, die ihren Schwerpunkt auf Kostümbild hatte.
»I cannot escape and I cannot forget«, sagte die Studentin, die ihren Schwerpunkt auf Szenografie hatte.
»Und wer hat sich geschlagen?«, fragte Rita.
»'ne junge Frau hat 'nem älteren Herrn erst die Hand gebrochen und danach den Schädel drei oder vier Mal gegen die Scheibe geschlagen. War kein schöner Anblick.«
»Eine junge Frau?«
»Kam rein, hat ihn gesehen, nach Feuer gefragt und dann die Fresse poliert.«
»Und wer war der Typ?«, fragte Ilia.
»Einer von der Oper. Kommt ab und an vorbei. Keine Ahnung, wie der heißt.«
»Tattoos?«, fragte Rita aus Spaß.
»Japp«, sagte der Kellner.
Rita drückte die Camel aus, die sie sich gerade erst angezündet hatte. »'ne Pauke und 'ne Tompete?«
»Japp.«
»Halt dein Maul«, sagte Rita.
»Halt dein dummes Maul«, sagte Ilia.
»Entschuldigung?«, fragte der Kellner.
»Habicht«, sagte Rita.
»Wie sah die junge Frau denn aus, hat sie einen Namen gesagt, irgendwas?«
»'n Namen, nee. Fesch sah sie aus.«
»Und?«
»Hatte 'n Koffer dabei.«
»Was denn für einen Koffer?«
»So 'n Koffer aus Plastik, Hartschale, Typ Werkzeugkoffer.«

»Danke«, sagte Ilia und bezahlte.
»You can make me whole again«, sagten die Studentinnen.
»Versteht mich nicht falsch«, sagte Rita zu den beiden, »eure Anliegen sind ja völlig richtig, ich stehe da 100 % hinter euch, wir müssen diese Schweine aus den Büros jagen, das ist klar, aber Guerilla, versteht ihr?«
»Wie?«, sagte die, die ihren Schwerpunkt auf Kostümbild hatte.
»Terrorismus oder Kultur, beides geht nicht.«
»Ach so«, sagte die, die ihren Schwerpunkt auf Szenografie hatte.
»Unsichtbare Feuer, versteht ihr? «, sagte Rita. Sie wollte die beiden umarmen, aber die beiden umarmten sie nicht.
»Ich mag euch, aber ihr seid Faschisten.«
Zu Hause klappte Rita den Klodeckel und die Klobrille ihres WCs hoch, kniete sich vor die Schüssel und steckte sich ihren Zeigefinger in den Hals. Sie berührte das Zäpfchen und kotzte so lange, bis viskoser Schleim kam.

5

Obwohl niemand öffnete, klingelte Rita erneut. Ilia und sie waren verkatert, aber auf die gute Art. Ilia beharrte darauf, wieder auf den Knopf zu drücken, neben dem der Name Habicht stand. Und wieder. Und wieder. Irgendwann hörten sie ein Knacken und die leise Frage, wer da sei.
»Polizei Hannover«, sagte Rita. Zwei Wörter, die sie mit Stolz aussprach. Zwar war Stolz die faulste Art von Liebe, aber immerhin Liebe.
»Wollen wir?«, fragte Ilia.

»Klar«, sagte Rita.
Ernst Habicht stand in seiner halb geöffneten Wohnungstür. Er war bleich, seine Augen blutunterlaufen, ein Verband um seinen Kopf gewickelt. Das komplette Gegenteil zu dem Eindruck, den er bei ihrem Kennenlernen auf sie gemacht hatte. Eingehüllt in eine Decke kauerte er im Türrahmen.
»Dürften wir reinkommen, Herr Habicht?«, fragte Ilia.
»Nein«, sagte er.
»Gut, Herr Habicht, dann erzählen Sie uns doch mal, was Samstagnacht passiert ist«, sagte Rita.
»Oder warum Sie seit Montag nicht mehr zur Arbeit gekommen sind«, sagte Ilia.
»Oder warum es heißt, Sie würden kündigen«, sagte Rita.
»Beziehungsweise eine längere Pause machen«, sagte Ilia.
»Ein Sabbatjahr?«, fragte Rita.
»Eine künstlerische Neufindung?«, fragte Ilia.
»Oder warum Sie so scheiße aussehen«, sagte Rita.
»Bin krank«, sagte Habicht.
»Ah ja?«, fragte Rita.
»Sehr krank.«
»Was haben Sie denn?«, fragte Ilia.
»Nichts.«
»Nichts?«, fragte Rita.
»Nichts, was Se etwas angehn würd'.«
»Mental krank?« Ritas Stimme überschlug sich vor Selbstgerechtigkeit.
»Was wollen Se 'n eigentlich?«, fragte Habicht.
»Diese Krankheit, die Sie haben, hat die etwas mit einer jungen Frau zu tun, die Ihren Kopf Samstagnacht mit solcher Kraft gegen die Fensterscheibe des *C'est la vie* geschlagen hat, dass sie gesprungen ist?«
»Weiß nich', wovon Se reden.«

»Warum sonst den Verband?«, fragte Ilia.
»Weil ich Schmerzen hab.«
»Ihnen ist klar, dass man in der Notaufnahme des Friederikenstifts Ihren Namen aufgenommen hat, oder?«, fragte Ilia.
»War betrunken. Weiß nich', was passiert is'.«
»Sie sind also zu Hause aufgewacht am Sonntagmorgen, und der Schädel brummte?«, fragte Rita.
»Mh«, sagte Habicht.
»Und sonst können Sie sich an nichts erinnern?«, fragte Rita.
»Mh«, sagte Habicht.
»Also auch nicht an die junge Frau, ihr Aussehen, ihren Namen?«, fragte Ilia.
»Nüscht«, sagte Habicht.
»Ferne Stimmen, die kalten Lichter eines Operationssaals?«, fragte Ilia.
»Wie oft soll ich Ihn'n noch sagen, dass ich nich' weiß, wovon Se reden.«
»Habe ich Ihnen eigentlich meine Karte gegeben?«, fragte Rita.
»Brauch ich nich'«, sagte Habicht.
Rita streckte sie ihm hin.
»Vielleicht wollen Sie Ihre Meinung ja noch ändern«, sagte Ilia.
Habicht starrte die Karte an.
»Greifen Sie zu«, sagte Rita.
Sie war überrascht, dass bei der Unzahl an Emotionen, die in diesem Mann wüteten, nicht Hass den stärksten Ausschlag zu geben schien, sondern Angst.
»Oder können Sie sie nicht nehmen?«
Habichts linker Arm wühlte sich aus der Decke. Sein Griff war so schwach, dass er die Karte kaum halten konnte. Rita legte ihre Hand auf seine rechte Schulter. Er zuckte.

»Da ist nichts, was Sie uns sagen wollen?«, fragte sie.
»Etwas als verloren melden?«, fragte Ilia.
»Nee«, sagte er.
»Wir können Sie beschützen«, sagte Ilia.
»Brauch ich nich'.«
»Wer ist das Mädchen?«, fragte Rita.
»Weiß von kei'm Mädchen.«
Sie drückte seine Schulter. Er atmete spitz ein.
»Haben Sie den Korken noch?«, fragte Ilia.
»Sie helfen uns, wir helfen Ihnen«, sagte Rita leise.
»Was'n für 'n Korken?«, fragte Habicht.
»Der Korken, der in ihrer Achselarterie steckte, als man Sie vor der Notaufnahme gefunden hat.«
»'s reicht«, sagte Habicht.
»Es reicht noch lange nicht«, sagte Rita.
»Kommen Se wieder, wenn Se mich verhaften wollen«, sagte Habicht.
»Herr Habicht –«, begann Ilia, doch da knallte die Tür vor ihnen ins Schloss.
Mühsam ging Ernst Habicht zurück in sein Schlafzimmer und manövrierte sich ins Bett. Auf seinem Nachttisch lagen zwei 575-mg-Metamizol-Tabletten, eine bereits aufgezogene Spritze mit 30 mg Dipidolor und ein rotdurchtränkter Korken, auf dem man mit Mühe die Aufschrift *Domaine de l'Horizon Calce, 2020, Mise en bouteille au Domaine* lesen konnte.

6

»Anna Etelka«, sagte Gerd Lampe.
»Es gibt keine Anna Etelka«, sagte Rita.
»Wenn sie aber so heißt«, sagte Gerd.
»Was stand auf dem Klingelschild?«, fragte Rita.
»Etelka.«
»In Hannover ist niemand unter diesem Namen gemeldet, nicht an der Uni, nicht in der Dieselstraße. Hat sie noch einen anderen Namen verwendet, irgendwas?«
»Peter. Bei Datingapp hieß sie Peter. Aber sie meinte, dass sie sich den Namen nur ausgedacht hätte.«
»Die Frau, die die Wohnung in der Dieselstraße vermietet, sagt, dass ihre Mieterin sich als Norma Akerman vorgestellt hat.«
»Und?«
»Die Wohnung ist leer«, sagte Ilia.
»Gibt es irgendetwas, worüber ihr geredet habt oder was sie gesagt hat, das uns weiterhelfen könnte?«, fragte Rita.
Gerd Lampe traute sich nicht zu sagen, dass er Anna Details der Ermittlungsarbeit preisgegeben hatte.
»Nein. Oder ich weiß es nicht.«
»Hm«, sagte Ilia.
»Ihr glaubt, dass Anna die beiden Jungs umgebracht hat?«
»Und mehr.«
Gerd drehte seine Polizeimütze der Krempe nach im Kreis.
»Patrick Busche«, sagte Rita.
Gerd schaute zu Boden. »Es ist wahrscheinlich nichts«, sagte er.
»Was ist wahrscheinlich nichts?«, fragte Rita.
»Es könnte sein, dass ich weiß, wo die Leiche ist. Wenn es eine Leiche gibt.«

Ilia und Rita machten einen Gesichtsausdruck.
»Bei unserem ersten Date hat Anna mir diese Frage gestellt. Das war ein bisschen, irgendwie komisch. Aber auch süß oder vielleicht, ich dachte, ja, es wäre einfach Interesse an meinem Job, und -«
»Die Frage«, sagte Rita.
»Sie wollte wissen, wo ich eine Leiche verstecken würde, wenn ich eine verstecken müsste.«
»Die Antwort«, sagte Ilia.
»Altwarmbüchener Moor.«
»Keine schlechte Idee«, sagte er.
»Aber das Verrückte ist eigentlich, dass ich sie schon kannte, bevor wir auf Datingapp gematcht haben«, gestand Gerd, angestachelt von Ilias Lob.
»Wie meinst du das?«, fragte Rita.
»Ich habe sie bei einem Polizeieinsatz kennengelernt.«
Und erst in diesem Moment gelang es ihm, eins und eins zusammenzuzählen. Und er wusste, dass er das nicht hätte sagen dürfen.
»Sondern?«, fragte Ilia.
»Am Morgen des Tages, also, als man die Leiche von, von Sebastian Tamm gefunden hatte, an dem Morgen, genau, da habe ich sie zum ersten Mal, richtig, gesehen.«
»Wie bitte?«, fragte Rita.
»Bei einer der Befragungen der Anwohner.«
Gerd Lampe realisierte, was für eine Enttäuschung er für jede Person sein musste, die in Kontakt mit ihm kam.
»Du hast was?«, fragte Rita.
»Ich habe -«, begann Gerd.
»Anna Etelka am Morgen nach der Mordnacht in einer Wohnung in der Nähe vom Tatort kennengelernt? Und dann hat sie dich zufällig angeschrieben? Und dann hast du dich

mehrmals mit ihr getroffen und dich dermaßen in sie verliebt, dass unsere gesamten Ermittlungen untergraben wurden, wobei sie dich offensichtlich hingehalten und gequält hat, ihr nicht mal Sex hattet oder einen Kuss oder irgendeine Form von Intimität, und jetzt, nachdem wir im Arsch sind, die Presse am Hals haben, uns gegenseitig zerfleischen, die Polizeipräsidentin mit dem Gedanken spielt, mich und Ilia nach Cuxhaven zu versetzen, kommst du damit um die Ecke? Und zwar nicht mal aus freien Stücken, sondern weil du so apathisch und unzuverlässig warst, dass deine Kollegen sich Sorgen gemacht haben?«

»Sie können manchmal mega einschüchternd sein«, sagte Gerd.

»Sie hat uns gesehen, Ilia, als wir den Tatort untersucht haben, Kronkorken gesammelt, da hat sie uns zugeschaut«, sagte Rita.

»Ich bin ein Idiot. Ein Idiot. Ein Idiot«, sagte Gerd. Seine Knie knickten nach links weg und er legte sich, ähnlich einer kleinen Meerjungfrau, auf den Boden.

Rita packte ihn am Kragen und schleuderte ihn gegen die Wand. Dann stemmte sie ihn sich auf Augenhöhe. »Eins will ich dir sagen, Gerd Lampe, wenn du jetzt damit anfängst, dich selbst zu bemitleiden, reiße ich dir die Milz aus den Rippen.«

»Rita«, sagte Ilia.

»Ja, was denn.«

»Rita«, sagte Ilia.

»Nee, sorry, aber nee.«

»Rita«, sagte Ilia.

»Okay. Entschuldigung.«

»Rita«, sagte Ilia.

»Entschuldigung, Lampe.«

Gerd war wieder die kleine Meerjungfrau.
»Hast du dir wehgetan?«, fragte Ilia.
»Es geht«, sagte er leise.
»Natürlich werde ich dir nicht die Milz aus den Rippen reißen. Wie auch«, sagte Rita.
»Okay. Ja.«
»Wäre korrekt, wenn du meinen kleinen Ausraster nicht dem Aufsichtsrat melden würdest«, sagte Rita.
»Wir würden auch dafür sorgen, dass du deinen Job behalten kannst«, sagte Ilia.
»Und denk mal darüber nach, 'ne Therapie zu machen.«
»Ich weiß nicht«, sagte Gerd.
»Mache ich auch. Ist nicht peinlich. Ilia auch. Ohne Therapie wäre ich Horror.«
»Ihr geht beide zur Therapie?«, fragte Gerd.
»Ja«, sagte Ilia.
»Sonst hält man den Job nicht aus«, sagte Rita, »Therapie, Saufen oder Sport.«
»Dann werde ich das auch mal ausprobieren, oder?«
»Ist nicht der Untergang der Welt, dass du die Ermittlungen sabotiert hast. Konntest du ja nicht wissen«, sagte Rita.
»Wirklich?«, fragte Gerd. »Ihr seid nicht mehr sauer?« Er schniefte.
»Nein, kann passieren«, sagte Ilia.
»Das freut mich.« Gerd putzte sich die Nase. »Oh man, ich hatte ihr übrigens auch das mit der Datingapp-Taskforce erzählt. Ich weiß, ich bin so ein Idiot.« Gerd musste jetzt sogar lachen. Er streckte Rita die Hand entgegen, damit sie ihm aufhalf.

7

Milan Kara hatte seit zwei Wochen nichts mehr von Anna gehört. Aber sie hatten sich nach eigener Aussage soundso nur zum Sex getroffen. Viel wusste er nicht über sie. Außer, dass sie Maschinenbau studierte.

»Nicht Psychologie?«, fragte Rita.

»Nee. Maschinenbau. Hat ständig von Formatkreissägen, hydraulischen Zangen und so Kram geredet.«

»Hydraulischen Zangen in Plastikkoffern?«, fragte Rita.

Wusste er nicht. Er war nie bei ihr gewesen. Sie war zu ihm gekommen. Nicht mal darüber, wo sie wohnte, konnte er Auskunft geben. Sie meinte, in einer WG in der Südstadt. Zusammen mit einem Pärchen, haben manchmal Spinnen gefangen und gegeneinander kämpfen lassen. Ihre Namen hatte sie nie erwähnt. Als er versuchte, sie auf Bitte der Beamten anzurufen, gab es die Nummer nicht mehr.

»Haben Sie ein Foto von ihr?«, fragte Rita.

»Sie ist mal richtig ausgerastet, als ich ohne zu fragen eins gemacht habe.«

»Also nein?«, fragte Ilia.

»Ihr denkt jetzt bestimmt, ich bin ein Freak«, sagte Milan und zeigte ihnen das Foto einer schlafenden Frau auf seinem Handy. Man konnte nicht viel erkennen, Kissen und Haare verdeckten das Gesicht. Sie sah friedlich aus.

»Aber beschreiben könnten Sie sie? Für ein Phantombild?«, fragte Rita.

»Doch doch.«

Auch Nastja, die Kellnerin vom *Bonjour* in der Deckerstraße, hatte Anna schon länger nicht mehr gesehen. Vor etwa drei Wochen habe sie mit einem schlaksigen Typen am Tresen gesessen und ihre übliche Nummer abgezogen. Was das für

eine Nummer gewesen sei, wollten die beiden wissen. Verführen und zappeln lassen. Nastja hatte sich selbst ein bisschen in sie verguckt und wunderte sich stets aufs Neue, was eine *Bombshell* wie Anna von solchen *Gemischtwaren* wollte. Sie ließ sich nie von ihnen einladen. Ganz im Gegenteil war sie es, die die Typen einlud.
Rita und Ilia zeigten ihr Fotos von Jonas Hartung, Sebastian Tamm und Patrick Busche. Nach einigem Hadern ließ sie sich auf eine 70%ige Wahrscheinlichkeit festlegen, dass sie die drei kannte. Bei dem *schlaksigen Typen* war sie sich recht sicher, dass es Patrick Busche sein musste. Auch Nastja sollte bei der Erstellung eines Phantombilds helfen.
Es dauerte zwei Tage, bis man Patrick Busches Leiche im Altwarmbüchener Moor fand. Zwei Dutzend Schutzpolizisten durchsuchten während dieser Zeit das gesamte Gebiet mit langen, spitzen Stäben und Hunden. Es war dabei zu mehreren Übergriffen von Polizisten gegen Männer gekommen, die dort zum Cruisen hingegangen waren. In der HAZ brachte Fatma de Jong einen Artikel, der die homophoben Strukturen des Staatsapparats an den Pranger stellte, dessen Einschlag allerdings vom Fund der Leiche gedämpft wurde. Die Frau mit den rosa Handschuhen hatte ein drittes Mal zugeschlagen. Davon ging man zumindest aus. Patrick Busches nackter Körper war einbalsamiert worden, die Lungen mit Formaldehyd gefüllt, und seine zum Gebet gefalteten Hände umklammerten ein Handy.

8

Die Aussagen von Milan Kara und Nastja Xavi reichten, um einen dringenden Tatverdacht zu begründen. Die Verdächtigte war mit allen Opfern im *Bonjour* gesehen worden, und auch wenn Milan zunächst behauptet hatte, die Mordnacht ab etwa ein Uhr mit Anna verbracht zu haben, gestand er später, dass es auch zwei oder drei gewesen sein konnte. Während der Arbeit passierte es ihm, dass er jedes Zeitgefühl verlor.

Anna wurde in Verbindung mit einem dreifachen Tötungsdelikt gesucht. Ihr Phantombild zierte die dritten, vierten und fünften Seiten der meisten deutschen Zeitungen. Auch in der *Tagesschau* und bei den *Tagesthemen* war es zu sehen gewesen. Die Skizze dieser schlanken, brünetten Frau hing in allen Polizeirevieren des Landes sowie an den Außengrenzen, in Flughäfen und an Bahnhofsschaltern. Nur die wenigsten stellten eine Verbindung zu den Morden her. Das Phantombild hatte, wenn man ehrlich war, eine eher dekorative Funktion, wie ein Poster oder eine Postkarte. Rita hatte es in einer Tankstelle zwischen Hannover und Minden sogar mit einem roten Herzen verziert gesehen. Wobei das Bild, das sich ins kollektive Gedächtnis Niedersachsens einbrannte, ein anderes war: das Foto der Mörderin, wie sie friedlich im Bett lag und schlief. Es war also kein Wunder, dass sich recht bald ein beträchtlicher Kreis zumeist männlicher Verehrer fand, die von ihrer Unschuld überzeugt waren und sie vor dem Staat und der Polizei beschützen wollten. Im Studiengang für Kreatives Schreiben in Hildesheim schlug einer der Tutoren vor, ein Seminar abzuhalten, in dem sich die Studierenden das Leben der vermeintlichen Mörderin imaginieren sollten.

»Es kann doch nicht sein, dass diese Frau verurteilt wird, ohne einen Prozess bekommen zu haben«, sagte er.
»Eros und Thanatos geben sich in deinem Gehirn die Hand«, sagten seine Kolleginnen.
Erstaunlich war, dass sich trotz der Verbreitung der Bilder weder Angehörige noch Bekannte von Anna meldeten, die der Polizei weiterhelfen konnten.
Es war das erste Mal seit der Expo 2000, dass Dinge, die in Hannover passierten, den Rest der Republik interessierten – wenn man von dem parteiübergreifenden Ekel absah, den einige Politiker der Region in der Lage waren auszulösen. Selbst eine Form von Tourismus stellte sich ein, der mit den Morden in Zusammenhang stand. Unbeteiligten wären die Hanseln zwar nicht aufgefallen, die durch das Altwarmbüchener Moor oder den Ihmepark stromerten und hofften, eine Spur zu finden, die der Polizei entgangen war, aber immerhin.
Das alles half Ilia und Rita nicht. Auch wenn sie wussten, wer für die Verbrechen verantwortlich war, wussten sie gleichzeitig nichts. Milan Kara, der sich weltgewandt gab, meinte, in Annas Sprachfärbung einen Wiener Einschlag erkannt zu haben. Denn hatte sie nicht eines Abends gesagt, dass sich etwas »eh ausging«? Davon zeugte auch die Wahl ihres Nom de Guerre. Wie Melanie eines Morgens in der Salzgrotte richtig anmerkte, hatte die Mörderin nur Namen von Frauen gewählt, die Suizid begangen hatten. Anna wie Anna Karenina und Etelka wie Etelka Grauermann, eine Figur aus Doderers *Strudlhofstiege*. Ein Roman, frotzelte Melanie, der in Wien spielte und abgesehen von Einheimischen und Literaturwissenschaftlerinnen wohl niemandem ein Begriff war. Melanie kam wegen des Namens darauf, den die Verdächtige der Vermieterin genannt hatte. Norma Akerman

sei ein offensichtlicher Verweis auf zwei tragische Ikonen, die Depressionen in den selbst gewählten Tod getrieben hätten. Auch die Handys waren ja eine Anspielung auf Norma Jeane Bakers, wie Marilyn Monroe wirklich hieß, letzte Stunden. Die Fahndung wurde dementsprechend auf Österreich und die Schweiz ausgeweitet. *Standard* und *NZZ* druckten statt des Phantombilds das Foto der schlafenden Anna. War die internationale Hilfe auch redlich, so blieb sie vergeblich. Niemand schien etwas über die Identität dieser Frau zu wissen, keiner sie je gesehen zu haben. Ritas Theorie, dass die Opfer sterben *wollten* und Anna dafür bezahlt hatten, wurde nie publik gemacht. Von offizieller Seite hieß es, dass es um Betrug oder Erpressung ging. Denn alle Männer hatten vor ihrem Tod mehrere tausend Euro zusammengesammelt, von denen es nun keine Spur mehr gab. Ein Umstand, der Anna in der Boulevardpresse den Titel *Catfishkillerin* einbrachte.
Worauf sich niemand einen Reim machen konnte, waren die Popsongs, die sie ihren Opfern gezeigt hatte und zu denen offenbar alle eine manische Verbindung aufgebaut hatten. Gerd Lampe berichtete, dass sie ihm das Lied *Drivers License* von Olivia Rodrigo in der Nacht geschickt hatte, als sie ihn bei sich rausgeschmissen hatte. Er musste sich dazu zwingen, es nicht mehr zu hören. Es war der Talisman seiner unerfüllten Lust. Auf Musikstreamingdienst fanden sich mittlerweile etliche Playlists mit den vier bekannten Tracks (Patrick Busche hatte *Camden* von Gracie Abrams in den letzten zwei Monaten seines Lebens um die 700 Mal gehört) und ähnlichen Titeln. Rita schaute regelmäßig rein, da sie hoffte, eine könnte von Anna selbst stammen. Das Einzige, worauf sie noch hoffte, war ihre angenommene Eitelkeit.
Es war also einfach irgendein Tag. Ein Mittwoch, ein Mon-

tag, ein Donnerstag, vielleicht sogar ein Sonntag; das Wetter war okay, der Kaffee schmeckte mittel, die Witze waren mau, die Gerüche unauffällig, Schachpartien endeten im Patt, und Rita lag im Bett. Neben ihr waren ein Laptop und eine Styroporbox aufgeklappt. Sie hatte einen Ketchupfleck auf ihrem T-Shirt. Und sie klickte zum wahrscheinlich hundertsten Mal auf den *Anna Etelka Murder Mix*, weil ein neues Lied hinzugefügt worden war. Es war *'Til I Die* von den Beach Boys. Sie stutzte. Sonst hörte man in diesen Playlists nur selten die Stimmen von Männern. Das passte nicht. Sie drückte auf Play. Und da, in der ersten Zeile, fiel das Wort, das den Fall lösen sollte.

I'm a cork on the ocean
Floating over the raging sea

9

Auch wenn Ernst Habicht den Korken, den ihm Anna Etelka in die Achselarterie gesteckt hatte, um ihn vorm Verbluten zu bewahren, den Beamten vorenthalten hatte, kannte Rita den Weingeschmack der Mörderin ja. Es gab einen Ort in Frankreich, den sie mit etwas Glück besucht hatte und unvorsichtig gewesen war. Rita fragte Ilia, ob er sie auf ihrem Wochenendtrip in die Pyrenäen begleiten wollte. Er sagte ja. Es war Anfang Juni, die Flüge etwas teurer, als sie gehofft hatten, und am Mittelmeer herrschten bereits 35° Celsius. Wie jeden Sommer war es der heißeste seit Beginn der Aufzeichnung von Sommern. Von Marseille nahmen sie in der Früh den Zug nach Narbonne und mieteten sich dort ein Auto.

Doch nicht einfach irgendein Auto. Rita hatte auf einen Tipp des Verkäufers aus dem Modellbauladen hin die Adresse einer Garage bekommen, die historische Rallyewagen anbot. Zwar kostete die Ausleihe über tausend Euro am Tag, aber dies war ein Wochenende, an dem sich Träume erfüllen sollten. Rita hatte sich schon viel zu lange keine Träume mehr erfüllt, dabei war das doch etwas, was man machen konnte. Die Garage gehörte einer Frau im hohen Alter. Bevor sie den Wagen sehen durften, führte die Inhaberin sie in die Spezifika historischer Rallyeautos ein: die Abwesenheit von Servolenkung und jeglicher Elektronik, die Eigenheiten des Fahrverhaltens und Schaltens. Dann nahm sie die beiden mit zum Fuhrpark und zeigte ihnen den gelben Fiat 131 Abarth. Rita berührte die kantige Karosserie, befühlte das Profil der Reifen und verfiel in kindliche Verzückung.
»Willst du fahren?«, fragte Ilia.
Sie nickte.
»Na dann«, sagte er.
Sie setzten sich in die harten Ledersitze. Den Fiat zu fahren käme einer Bewältigung gleich, da war sich Rita sicher. Aber eins wollte sie noch wissen.
»Excusez-moi, mais, vous êtes Michèle Mouton?«, fragte sie die Besitzerin der Garage. Denn sie hatten keinen Namen bekommen, nur eine Telefonnummer und eine Adresse. Auch im Internet hatte sie nichts über diesen Ort gefunden.
»Allez«, sagte die Frau, lächelte und schlug behutsam auf das Autodach.
Für den Weg, der normalerweise etwa eine Stunde in Anspruch nahm, brauchte Rita mithilfe von Ilias Navigation 47 Minuten und 13 Sekunden. Schmale Kurven, schottriger Asphalt, blauer Schiefer, Kiesel, Mergel, Kreide, Löss, Lehm, Kalk; über die Böden, in die die Reben ihre Wurzeln 80 Me-

ter in die Tiefe wanden, raste Rita mit Einspritzvergaser und 245 PS. Ob sie das wirklich gewesen war, Michèle Mouton, die beste Rennfahrerin aller Zeiten?
Die Betreiberin des Weinguts *Domaine de l'Horizon* war eine deutsche Frau namens Sarah. Rita hatte ihr eine Mail geschrieben, und, ja, vielleicht hätten sie das alles auch von Hannover aus klären können, aber ihr war, als sei es besser, vor Ort zu sein. Sarah begrüßte sie und bestaunte den Fiat.
»Pas mal«, sagte sie.
»N'est-ce pas?«, sagte Rita.
»Worum geht es?«
Rita zeigte ihr das Phantombild und fragte, ob sie eine Anna Etelka kannte.
Sarah schaute lange. »Vielleicht«, sagte sie.
»Was heißt das, vielleicht?«
»Ich kenne jemanden, die dem Bild ähnlich sieht. Wenn es eine Karikatur von ihr wäre, käme es hin.«
»Und diese jemand, hat die bei euch Wein gekauft?«
»Kann sein.«
»Rosé?«, fragte Rita.
»Ja«, sagte Sarah.
»Und wer ist diese jemand?«, fragte Ilia.
»Luisa.«
»Luisa?«
»Kenne ich noch aus Wöhrwag-Zeiten in Stuttgart. Aber da war sie jung, vielleicht vierzehn oder fünfzehn. Ein bisschen eine seltsame Erscheinung.«
»Was heißt das?«
»Wütend. Aber lustig.«
»Wann haben Sie sie das letzte Mal gesehen?«, fragte Rita.
»Letztes Jahr? Sie kommt so alle zwei, drei Jahre im Herbst vorbei, kauft Weine, und wir trinken.«

»Haben Sie auch einen Nachnamen, eine Adresse?«
»Hartmann«, sagte Sarah.
»Hartmann«, sagte Ilia.
»Und eine Adresse?«
»Wenn sie mit Karte gezahlt hat, müssten wir ihre Adresse im System haben.«
Sarah verschwand in den Büroräumen des Chateaus. Rita und Ilia schauten sich um, ein großer Hof, eine rote Tür, Steinhäuser, blauer Himmel, eine Hummel flog umher.
»Oui, sie hat mit Karte bezahlt«, sagte Sarah mit einem Touchpad in der Hand, »240 Euro, abgerundet.«
»Und?«, fragte Rita.
»Die Karte ist gemeldet auf eine Luisa Hartmann, wohnhaft in Hannover in der«, die Winzerin musste etwas runterscrollen, »Ubbenstraße 9.«
»Ja, fick dich doch!«, schrie Rita.
Sarah schaute verdutzt.
»Aber sagen Sie mal«, sagte Ilia, »wir hatten Sie im letzten Jahr schon mal nach Personen gefragt, die Rosé bei Ihnen kaufen, und da haben Sie nichts gesagt.«
»Wirklich?«, fragte Sarah.
»Wirklich«, sagte Rita.
»Wahrscheinlich, weil einige, die hier arbeiten, schlechte Erfahrungen mit der Polizei gemacht haben. Und sie eher als Krebsgeschwüre aus Wasserwerfern, Korruption und Rassismus kennengelernt haben denn als Freund und Helfer.«
»Verstehe«, sagte Rita.
»Ist auch ein Problem«, sagte Ilia.
Nach einer kurzen, unangenehmen Pause kaufte er eine Magnumflasche vom Roten.
»Danke«, sagte Rita.

10

»Rechts, vier, lang, nicht schneiden«, rief Ilia. 1976 zeigte sich der Fiat, der schon bald eine Motorsportlegende werden sollte, zum ersten Mal bei der Rallye-Weltmeisterschaft.
»Links, drei, halblang, innen halten«, rief Ilia.
Rita schaltete runter.
Das Auto gewann drei Mal die Konstrukteursmeisterschaft, zwei Fahrer wurden darin Weltmeister. Aber legendär war es für Rita wegen Michèle Moutons Monte-Carlo-Fahrt mit Annie Arrii von 1980.
»Links, fünf, macht auf«, rief Ilia.
Zwei Dinge hatten Rita bereits in der ersten Kurve überzeugt: das Getriebe und die Vorderräder. Der Fiat hatte eine beeindruckende Direktheit während der Gewichtswechsel. Wenn einer der Stoßdämpfer zu arbeiten aufhörte und an den anderen abgab, war der Übergang progressiv, Front und Heck verschmolzen.
»Kurz geradeaus«, rief Ilia.
Rita lachte.
Der Motor war genauso forsch wie geschmeidig, genauso schroff wie brillant.
»Rechts, zwei, lang, fünfzig«, rief Ilia.
Die Schaltung war bei weitem nicht freundlich, aber enorm befriedigend. Direkt. Kompromisslos. Rita durfte nicht schüchtern sein, nicht brüsk, sondern bestimmt und präzise. Wenn man es raushatte, war es Irrsinn. Abwägungen und Pausen wurden sofort bestraft. Linear, dabei fluide schalten. Das Niveau von Pedal und Schalthebel perfekt synchronisiert, sonst weigerte der Fiat sich. Die Maschine schrie nach Kampf, man brauchte sie nur anzuschauen. Als *infernale* beschrieb sie die italienische Presse.

»Links, vier, halblang«, rief Ilia.
Die Sitze verschluckten einen. Die Handgelenke schmerzten, so viel Kraft verlangten die engen Kurven.
»Neunzig Grad, zwei, nicht schneiden«, rief Ilia.
Gerade in den Haarnadelkurven wurde das Fahren zur Tortur, zum Sport, der ganze Körper musste gegen diese Gewalt gewappnet sein. Es war kein elegantes Auto, aber seine Art der Fortbewegung war es. Wenn man es vorbeifahren sah, wenn es das Gewicht und die Richtung wechselte, wie konnte man sein wütendes, arrogantes und respektloses Gesicht nicht lieben? Man fühlte sich in seiner Nähe unruhig, herausgefordert, noch bevor der Motor aufheulte. Und wenn er dann aufheulte! Da war etwas Helles in den niedrigen Gängen, ein Kyrie, eine Freude an der Geschwindigkeit, am Leben, aber eine Freude, die aus Strenge geformt war, Hingabe, einer Sicherheit, die der Unterwerfung entsprang. Wenn man das Schalten meisterte, bergauf und bergab, millimetergenau, belohnte einen dieses Auto mit der absoluten Kontrolle von Zeit und Raum.
»Links, drei, doppelt lang, macht auf«, rief Ilia.
Ein gebieterisches Auto. Und alles, woran Rita und Ilia in diesem Moment denken konnten, trotz allem, war die nächste Kurve links, die nächste Kurve rechts, die nächste Kurve links, die nächste Kurve rechts, und dann ein Zickzack.

Luisa

Eine leicht untersetzte Frau mit roten Flecken im Gesicht öffnete die Tür. Sie trug eine klobige Brille aus Acetat und hatte kurzgeschorene Haare.
»Ja?«, fragte sie.
»Luisa Hartmann?«, fragte Rita.
»Darf ich einen Vorschlag machen?«, fragte Luisa.
»Ja«, sagte Rita.
»Wollen wir uns in fünfzehn Minuten im Mövenpick treffen? Ich würde mir noch kurz was anziehen.« Sie trug einen grauen Samtbademantel. »Und hier ist es so unaufgeräumt.«
»Ähm«, sagte Ilia.
»Sie sind Kommissar Schuster, oder?«, fragte Luisa.
»Ja.«
»Wäre es okay, wenn ich das Gespräch mit Ihrer Kollegin allein führe? Sie können ja ein paar Tische entfernt sitzen und mein Verhalten beobachten. Mit gezückter Pistole, versteht sich.« Sie lachte. »Und schon mal einen Streifenwagen schicken, der hier auf die Wohnung aufpasst. Falls ich eine Komplizin hätte oder so.«
»Warum ohne Ilia?«, fragte Rita.
»Ist entspannter«, sagte Luisa.
»Es soll nicht entspannt werden«, sagte Rita.
»Dann rufe ich eben meine Anwältin an.«
»Passt schon«, sagte Ilia.
»Sicher?«, fragte Rita.
»Klar.«
»Wunderbar«, sagte Luisa, »ich laufe auch nicht weg.«
Ilia passte trotzdem auf.

Rita saß unter einem Sonnenschirm, die Karte geschlossen vor ihr liegend. Luisa kam fünf Minuten zu spät. Ilia folgte ihr mit Abstand. Sie setzte sich. Er setzte sich einen Tisch weiter.
»Hallo«, sagte Luisa.
Sie trug eine graue Jogginghose und ein weißes T-Shirt.
»Anna Etelka?«, fragte Rita.
»Weißt du schon, was du nimmst?«
»Wir duzen uns?«
»Macht die Sache leichter, oder? Aber ich kann auch gerne Feldwebel Aitzinger, Kommissär Bärlach oder Bullensau sagen.«
»Rita ist okay.«
»Wunderbar. Luisa.«
»Wer ist Anna Etelka?«
Luisa legte die Titelseite der HAZ vom Tag nach dem Fund von Patrick Busches Leiche vor sie. Sie hatte sie in eine Klarsichthülle getan.
»Die, oder?« Sie zeigte auf das Bild der schlafenden Mörderin.
»Ja.«
»Kannst du dir vorstellen, was man für ein Hurensohn sein muss, um ein Foto von einem schlafenden Date zu machen?«
Ein Kellner kam.
»Ich hätte gerne den Tête-à-Tête-Becher. *Das große Vergnügen zum Teilen*, das klingt doch nach was für uns«, sagte Luisa mit Blick auf ihr Gegenüber. »Und dazu den - trinken wir Rot oder Weiß?«
»Ein Wasser bitte«, sagte Rita, »mit Sprudel.«
Luisa blätterte durch die Weinkarte und zog Grimassen. »Also leicht machen Sie es einem nicht, wenn es kein Riesling sein soll. Würden Sie eher den 10er Barolo oder den Pinot Noir aus Gevrey-Chambertin empfehlen?«

»Da müsste ich unseren Weinmann fragen«, sagte der Kellner.
»Hier arbeitet ein Weinmann?«, fragte Luisa.
»Den Sommelier«, meinte der Kellner.
»Ach so, den Sommelier! Ja, dann fragen Sie den mal.«
»Du verstehst was von Weinen?«
»Nee, aber von erbärmlichen Männerdomänen.«
Der Sommelier kam zu ihnen an den Tisch. »Wie kann ich den Damen behilflich sein?«, fragte er.
»Den 2010er Barolo oder den Pinot Noir aus Gevrey-Chambertin, was passt besser zu einem Fruchteisbecher?«
»Zu einem Fruchteisbecher würde ich Ihnen zu einem Riesling raten. Der Halgans von der Nahe oder der Mandelpfad aus der Pfalz zum Beispiel.«
»Wie ist denn der Château Pontet-Canet?«
»Das ist ein herrlicher Wein, etwas ganz Besonderes. Passt aber nicht zu einem Fruchteis, eher zu Lamm oder Rinderschulter.«
»Da heute mein wohl vorerst letzter Tag in Freiheit ist und sich die Frau Hauptkommissarin und ich schon so lange nicht mehr gesehen haben, erlauben wir uns mal was, was?«
Rita sagte nichts.
»Den 1er Cru vom Château Latour bitte.«
»Den bringe ich Ihnen gerne, wirklich sehr gerne.«
»Danke«, sagte Luisa, »und wenn Sie uns dazu noch zwei große Gläser mit Eiswürfeln und 'ne Flasche Cola servieren könnten.«
»Gerne, kommt sofort«, sagte der Sommelier und lief davon.
»Damen?«, fragte Luisa. Die Fotografie des verwesenden Totenkopfs auf ihrem Atrax-Morgue-T-Shirt war mit Tomatensoßen- und Zahnpastaflecken übersät.
Der Sommelier kam mit dem 540-Euro-Cabernet-Sauvignon,

einer Flasche Cola, zwei Kelchen mit Eiswürfeln und Weingläsern zurück und entkorkte die Flasche. Er goss einen Schluck in Luisas Glas.
»Ist gut«, sagte sie, ohne nach Kork zu schmecken. Doch bevor er ihr einschenken konnte, hielt sie ihre Hand über den Rand. »Nein.« Sie schob das Glas mit den Eiswürfeln in seine Richtung.
»Aber –«, sagte er.
»Sie hatten schon recht. So ganz passt das nicht zu einem Fruchteisbecher. Was aber zu einem Fruchteisbecher passt, ist 'ne Fetzi.«
»Ei-ne wa-a-as?«, sagte der Sommelier.
»Eine Fetzi.«
»Was ist denn eine Fetzi?«, fragte Rita.
»Rotwein mit Cola. Oder heißt das hier anders?«
»Einen Calimocho meinen Sie?«
»Wie auch immer.«
»Soll ich Ihnen dafür nicht vielleicht besser«, er stockte, »einen«, und stockte erneut, »anderen Wein raussuchen?« Hilflos schaute er Rita an. »Sie müssen auch nicht dafür bezahlen.«
»Ehrlich gesagt«, aus Luisas Gesichtsausdruck war alles Weiche verschwunden, »bin ich mir nicht sicher, wie lange ich dieses Gespräch noch führen möchte.«
»Wie Sie wünschen«, sagte der Sommelier.
Langsam rollte der Cabernet Sauvignon über die Eiswürfel und benetzte das Glas mit einem nahezu opaken Rubinrot. Zur Hälfte gefüllt, goss der Sommelier die Cola über den Wein, der sofort orange aufschäumte.
»Danke«, sagte Luisa, wieder ganz Höflichkeit, und an Rita gerichtet: »Sicher, dass du nichts willst?«
»Warum nicht«, sagte sie.

Der Sommelier schenkte auch ihr ein. Sie stießen an.
»Auf das Ende der Ermittlungen«, sagte Luisa.
»Auf das Ende der Ermittlungen«, sagte Rita.
»Wo anfangen«, sagte Luisa und steckte ihren Löffel in die erste von sieben Kugeln Eis, die mit Obstsalat, karamellisierten Walnüssen, Mini-Meringues, Himbeer-, Karamellsoße, Schlagsahne und Mandelcrackern garniert waren. »Ich hab mich so auf dieses Gespräch gefreut, wirklich. Ich bin es hunderte Male im Kopf durchgegangen. Ich habe Monologe gehalten, was für ein Abschaum von Mensch Jonas Hartung war. Was für ein misogyner, pornosüchtiger Nazi, der mir schon in der ersten Nachricht geschrieben hat, dass er mich an eine Heizung fesseln und besinnungslos ficken will. Eine Made. Nichts, was die Bezeichnung Mensch verdient hätte. Aber das siehst du sicher genauso. Ein hässlicher Anhänger alles Hässlichen. Kannst du dir vorstellen, wie das bei dem gestunken hat? Alles voller Wichse und Fett. Aber ein Ego wie ein Schwein. Es ist wirklich gut, dass es den nicht mehr gibt. Dann Sebi. Was habe ich mir erträumt, du glaubst es gar nicht, dir von diesem verkümmerten Seelchen zu erzählen. Auszupacken über diesen Köter, von Kindheit an geknechtet, missverstanden, von seinen Eltern, dann von dieser Tante aus Hamburg, die sich natürlich genau in dem Moment verpisst, als er damit anfangen möchte, aufzuräumen. Der hat in seinem Leben so wenig Licht gesehen, das war bitter. Aber absolut unfähig, mit dieser Abwesenheit umzugehen oder sie in Worte zu fassen. Oder überhaupt zu checken, dass es Licht gäbe. Man konnte gar nicht mit dem reden manchmal. Aber das führt dann zu dieser Eitelkeit, weißt du, der Arroganz der Leidenden. Total zu. Außer Elend konnte er gar nichts mehr wahrnehmen. Also der war der Welt so was von abhandengekommen. Holla. Und malt da seine Auber-

ginen und alkoholfreien Biere und glaubt, dass das irgendeine Form von Bewältigung sein könnte. Unheilbar krank. Wirklich. Und niemand in seiner Umgebung ahnt auch nur was. Ich meine, wie zerschossen muss man sein, wenn man lieber sterben will, als Medikamente zu nehmen? Der hat von nichts geredet als seiner Sehnsucht nach dem Tod. Kann man nichts machen. Also kann man schon. Wurde ja auch, also habe ich ja auch. Und Patrick, du, das war jemand, von dem dachte jede Person in seinem Leben: Der ist egal, der ist zwar da, also sein Körper existiert, aber eigentlich ist es völlig egal, dass es diesen Körper gibt. Oder was der sagt oder möchte. Eigentlich ein Statist. Kein Recht auf ein detailliertes Leben. Soll ich dir was sagen? Ich kann mich nicht mal mehr an sein Gesicht erinnern. Und diese Geschichte mit seiner Schwester, habt ihr euch damit überhaupt richtig beschäftigt? So was hab ich echt noch nicht gehört.« Sie hielt kurz inne. »Das sind doch die Fälle, von denen wir hier ausgehen, oder?«

»Gibt es mehr?«

»Nee, überhaupt nicht, ich wollte nur sichergehen. Aber genau. Über all das wollte ich mit dir reden. Weißt du, in so einer saftigen Geste der Aufklärung. Über Männer, über Geld, über Krankheit, über Pharmakonzerne, die dank der epidemischen Ausbreitung von Depressionen Milliardengewinne erwirtschaften, über Therapieplätze, Seelsorge, über Sex, über Sex als Gewalt, über Sex als Entfremdung, über Oberflächen, über Popmusik, über Geschlechter, diese blöde Mishima-mäßige Suizidvorstellung, die wir bei Männern haben, während es bei Frauen immer als irgendwie kraftlos dargestellt wird, also dass uns selbst im finalen Akt der Selbstbestimmung noch abgesprochen wird, Größe zu besitzen. Über all das wollte ich mit dir sprechen. Aber jetzt, wo ich anfange auszupacken, diese Storys der Toten, langweilt es mich. Geht es dir nicht auch so? Es ist schrecklich banal.«

»Wenn du nicht über die Toten reden willst, reden wir über die Lebenden.«

»Wie hältst du das eigentlich aus? Die Gespräche mit den Angehörigen? Dieses Gejammer?«

»Es ist mein Job.«

»Hut ab, echt.«

»Ein paar Worte zu Ernst Habicht?«

»Oder ein paar Worte zu Gerd Lampe und Milan Kara, oder wer auch immer dieses lächerliche Phantombild erstellt hat.«

»Nastja Xavi.«

»Nastja?«

»Aus dem *Bonjour.*«

»Auch so 'n Goblin.«

»Was ist mit dem Phantombild?«

»Da sieht man doch die Scheiße blubbern.«

»Welche Scheiße?«

»Ach komm schon, Rita, das ist albern. Wenn du dich nicht anstrengst, sage ich gar nichts mehr.«

»Dann sag nichts mehr. Die Beweislage ist eindeutig.«

»Sorry, aber nur weil 99 % der Menschen, die dich umgeben, Idioten sind, heißt es nicht, dass 100 % aller Menschen Idioten sind. Eure Beweislage ist ein Witz. Ihr habt die Aussage einer Kellnerin, die in mich verliebt ist, dass sie die Jungs mit mir gesehen hat. Soll ich dir mal ein paar Nachrichten zeigen, die sie mir geschickt hat? Komplett gestört. Was noch? Den Fingerabdruck auf dem Telefon, das im Ihmepark gefunden wurde?«

Luisa machte eine Pause.

»Ihr habt nicht mal den Fingerabdruck? Leute, guckt halt

unter der Verschalung. Es ist doch wohl klar, dass es deine Aufgabe ist, mich zu einer belastenden Aussage zu verleiten, oder? Unser Gespräch wird aufgenommen? Irgendwas muss die Staatsanwaltschaft schließlich haben. Sonst wird's düster vor Gericht. Fuck, bei Patrick Busche habt ihr wahrscheinlich nicht mal den Todeszeitpunkt, und für die Nacht des Mordes an Jonas Hartung habe ich ein Alibi, dass Kai Beller die Motten aus dem Last-Season-Anzug flattern. Der weiß noch gar nicht, was auf ihn zukommt. Selbst wenn ihr Indizien finden würdet, die mich in Hartungs Wohnung oder in der Nähe des Altwarmbüchener Moors verorten, selbst dann würde doch jede vernünftige Anwältin auf StGB § 216 Tötung auf Verlangen plädieren, was sechs Monate bis fünf Jahre sind. Da bin ich bei guter Führung in 'nem Jahr wieder raus. Aber erst mal reden wir hier von Beihilfe zum Suizid, und damit kriegt ihr mich nicht mal 48 Stunden in Haft.«

»Siriusfall«, sagte Rita.

»Siriusfall, Schmieriusfall«, sagte Luisa.

Ilia, der dem Gespräch via Telefonat mit Ritas Handy folgte, schrieb seiner Frau eine Nachricht.

Was ist der Siriusfall?!

80er, schrieb sie.

Mann sagt Frau, er sei vom Stern Sirius

Von einer philosophisch höheren Rasse als Menschen etc.

Frau will auch höhere Rasse sein

Kann sie auch, sagt er

Muss nur Lebensversicherung auf ihn abschließen und n Fön in die Badewanne schmeißen

Dann wird sie wiedergeboren als Künstlerin etc.

Aber Suizid schlägt fehl

Mann kommt vor Gericht

Wegen versuchten Mordes und nicht wegen Anstiftung zum Suizid
Denn das ist nicht strafbar
Warum?
Sag ich dir später, schrieb Ilia, *danke!!!*
»Also, es wäre ein bisschen weit hergeholt, zu behaupten, ich hätte diese Männer dazu überredet, sich umzubringen.«
»Das muss das Gericht entscheiden«, sagte Rita.
»Was sollte das eigentlich mit den Inlinern?«
»Das war Sebis Idee, er fand das so schön albern.«
»Die Tattoos auch?«
»Ach, die Tattoos.«
»Und der Rosé?«
»Soll ich die Königserläuterung ausrollen, oder wie stellst du dir das vor? Liebe Studierende, heute beschäftigen wir uns mit Neurolinguistischem Programmieren und der grundlosen Traurigkeit.«
»Rätsel um der Rätsel willen?«
»Der Freude!«
»Und warum im Ihmepark?«
Luisa faltete die Hände vor ihrem Mund zusammen. »Gott, ist das langweilig«, sagte sie.
Rita lächelte.
»Ich verstehe deinen Punkt mit dem Phantombild«, sagte sie.
»Ja?«
»Man sieht nicht dich auf dem Bild, sondern eine geheimnisvolle Mörderin. Und nur, weil du jetzt kurze Haare hast und ein bisschen zugenommen, erkennt dich niemand oder bringt dich mit dem Bild in Zusammenhang. Böse Welt.«
»Ist auch eine böse Welt.«
»Ernst Habicht, der Arm.«
»Ernst wer?«, fragte Luisa.

»Der Mann, dem du den Arm abgerissen und den du mit einem Korken in der Achselarterie vor die Notaufnahme gelegt hast.«

»Keine Ahnung, von wem du redest, aber wie um alles in der Welt sollte ich jemandem einen Arm abreißen?«

»Sag du es mir.«

»Draußen, mitten in der Nacht? Das geht nicht so mir nichts, dir nichts. Vor allem, wenn die Person sich dagegen wehrt. Zunächst bräuchte man Betäubungsmittel, viele.«

»Von Dr. Happy?«

»Zum Beispiel. Dann bräuchte man so was wie eine hydraulische Industriekabelschere. Weißt du, so eine, mit der man Überlandleitungen zerschneidet. Die AS85S von KW Hydraulik käme mir da in den Sinn. Aber die kostet knapp 3000 Euro. Und wer kann sich das schon leisten?«

»Jemand, der Menschen für Geld tötet.«

»Wenn ihr ein paar Kontoauszüge oder Rechnungen von jemandem habt, der das macht, dann waren die Ermittlungen nicht so vergebens, wie die Zeitungen behaupten.«

»In der Nacht der Premiere von dem *Mädchen mit den Schwefelhölzern* – hat Habicht Tamm vergewaltigt? Sollte das eine Rache aus dem Grab sein?«

»Mein Eis ist fast geschmolzen. Guck mal.« Sie zeigte auf eine wachsende Lache Süßes. »Sicher, dass du nichts willst?«

»Wenn du nichts gegen Habicht in der Hand hättest, hätte er Anzeige erstattet.«

»Ich habe nichts gegen ihn in der Hand, und er hat nichts gegen mich in der Hand. Auf jeden Fall in der rechten nicht.«

»Ich glaube, dass die Gäste des *C'est la vie* dich wiedererkennen werden«

»Irgendwie nicht.«

»Es ist rührend, wie eitel du bist.«

»Eitel? Nein.«
»Sondern?«
»Selbstlos. Ich habe den Müll vor die Tür gestellt, den andere nicht anfassen wollten.«
»Sebastian Tamm musste weggeschmissen werden?«, fragte Rita.
»Früher oder später, ja.« Luisa war bei ihrer dritten Fetzi. »Ich meine, dir ist schon klar, dass ich ins Gefängnis möchte, oder? Sonst hätte ich euch nicht zu mir geführt. Es ist Zeit für die Ochsenrunde, Netzwerke knüpfen. Und wenn ich dann mit 24, 25 wieder draußen bin, wartet noch ein ganzes Leben auf mich.«
»Gerade bei Kriminellen, die früh Erfolg haben, kommt später nicht mehr viel.«
»So cool, dass du das sagst«, sagte Luisa und exte den Rest der Rotweinflasche. »Das wird meiner Anwältin dabei helfen, unser Gespräch in Perspektive zu setzen. Ah, und ich bin high. Also wäre super, wenn wir auf dem Revier einen Drogentest machen könnten. Weil ich habe irgendwie das Gefühl«, Luisa nahm Ritas Handy und sprach ins Mikrophon, »Sachen gesagt zu haben, die ich überhaupt nicht so gemeint habe.«
»Du bist im schrecklichsten Sinne des Wortes putzig«, sagte Rita.
»Hier noch eine kleine Überraschung.« Luisa legte einen Briefumschlag auf den Tisch. Sie imitierte mit ihren Zeigefingern Pistolen und sagte: »Peng peng peng.«
Ilia sprang auf, packte ihre Arme, drehte sie auf den Rücken und drückte ihren Kopf in den leeren Eisbecher.
»Eiwn riwchftiger Akhkionhelst, der Schwufster«, sagte Luisa. Er legte ihr Handschellen an. Sie lachte. Die Gäste des Mövenpicks waren sichtlich verwundert, taten aber so, als wäre nichts.

»Ihf muff noch zwahwen«, sagte Luisa.
»Fühl dich eingeladen«, sagte Rita.

Testament

Das Buch mit den Zeichnungen über den Frieden möchte ich Sonja Dolche vermachen. Meine Inliner soll mein Bruder Mats bekommen, falls er mal meine Schuhgröße hat. Sollte bekannt werden, dass Anna Etelka etwas damit zu tun hatte, wie ich gestorben bin, unser Plan also nicht aufgegangen ist, bitte ich darum, sie dafür nicht zu belangen. Jeder Tag war eine Qual.

Gezeichnet
Sebastian Tamm

Epilog

Auf die Frage, wie er seinen Arm verloren hatte, behauptete Ernst Habicht, betrunken in eine aufgeschlagene Bierflasche gefallen zu sein. Ansonsten verweigerte er jede Aussage. In ein paar Monaten wollte er wieder mit der Arbeit beginnen. Allerdings wurden an der Oper Stimmen laut, die sein Verhalten nicht mehr tolerieren wollten. Shirin Teile und andere hofften, dass sich die Intendanz gegen ihn positionieren würde. Aber erst mal war Spielzeitende, und sie fuhr mit ihrem E-Scooter durch Linden, auf der Suche nach Liebe und einem Radler.
Die Beweislage gegen Luisa Hartmann war nicht zwingend. Der Prozess würde der Staatsanwaltschaft einiges an Arbeit abverlangen, aber Kai Beller hatte schon eine Idee, wen er dafür ins Gefecht schicken könnte. Eine Person, die nur ganz wenige Fälle annahm. Aber das ist die Geschichte eines anderen Buches.
Natürlich gratulierten er und die Polizeipräsidentin Ilia und Rita, den Fall gelöst zu haben. Ilia hatte in die Messaging-App-Gruppe, wo seit Auflösung der Datingapp-Taskforce nichts mehr gepostet worden war, *We got her* geschrieben und dazu das Emoji vom Gesicht mit der Sonnenbrille. Als er und Rita mit Luisa in Handschellen in die Waterloostraße kamen, wurde applaudiert. Die Polizeipräsidentin hielt eine kurze Rede, in der die Wörter Vertrauen, Hoffnung und Fingerspitzengefühl fielen. Später überreichte ihr Rita die Rechnung für den ausgeliehenen Fiat 131 Abarth als Spesen. Erneut hielt sie eine Rede. Dieses Mal fielen die Wörter Verantwortung, Kollegen und Strapazen. Rita sagte, dass man manchmal müsse. Thorsten Gehlert gab Rita die Hand und sprach von Respekt. Sie entschuldigte sich für die Wörter, die gesagt worden

waren. Er sprach davon, dass etwas zwischen ihnen nicht stimmte, und ob sie das nicht in Ruhe bereden wollten. Rita sagte, dass sie das eine gute Idee fände, auch wenn sie vermutete, dass es zu dieser Klärung nie kommen würde.

Auch Ha Liebli gab Rita die Hand. Auch sie sprach von Respekt, aber eigentlich sprach sie von Neid. Ihr Gefühl, nur die zweite Frau im Kommissariat zu sein, hatte sich in den letzten Monaten verstärkt. Aber es war nicht so schlimm, weil sie sich über ihre Familie definierte und nicht über ihren Beruf. In wenigen Wochen würden sie in Sizilien Cannoli snacken.

Jonas Hartungs Vater stand am Grab seines Sohnes. Er war betrunken. Es ging ihm okay.

Patrick Busches Eltern schauten alle Filme mit Marilyn Monroe.

Georg und Karin Tamm standen am Grab ihres Sohnes. Mats schlief in einem Tragebeutel, Kasper erkundete den Friedhof. Sie schwiegen. Ein gelber Schmetterling saß auf einer Margerite. Als er davonflog, zeigte Georg auf das Insekt und bezeichnete ihn als einen Zitronenfalter.

Sonja Dolche wusste nicht, warum sie so lange dafür gebraucht hatte, aber in genau diesem Moment entschloss sie sich, Sebastians Eltern anzurufen. Bei Georg ging die Mailbox ran. Nach kurzem Befremden darüber sprach sie in ruhigem Ton von Traurigkeit und Anteilnahme und schlug vor, sich um Weihnachten herum zu treffen. Das Wort Kekse fiel.

Dr. Meese und Dr. Latzen spielten am Ricklinger Kreisel in der Kneipe *Zum Kreisel* Backgammon. Dr. Meese warf eine Drei und eine Fünf. Dr. Latzen ahnte, was ihr blühte.

C.H. Tillmann und Klara Hüske saßen mit ein paar Leuten in einem Schlauchboot. Sie glühten vor. Auch Mona Kleinert war dabei. Sie hatten einander vor ein paar Wochen im *Chéz*

Heinz kennengelernt und lange über Sebastian geredet. Auch wenn keiner es sagte, wussten sie, dass dieses Treffen eine Trauerfeier war.
Milan Kara hatte keine Zeit. Er musste eine Präsentation für Montag vorbereiten und kam mit der Arbeit nicht voran. Er hatte sich beim Burgerladen auf der Limmerstraße Burger bestellt. Bei dem schönen Wetter drinnen zu sein, machte ihm nichts.
Patrick Busches Schwester saß vor dem Gate 14 des Flughafens Hannover und starrte an die Decke. Sie sah sich in der Spiegelung der silbernen Waben, die sie immer an Knallfolie erinnert hatten, und fragte sich, ob sie jemals nach Niedersachsen zurückkommen würde, und hoffte, dass nicht.
Auch Ilia sah den Zitronenfalter. Er saß mit seiner Frau auf dem Balkon. Als das Insekt an ihnen vorbeiflog, dachten sie kurz, dass der Sommer nie enden würde. Sie stießen auf den gelösten Fall mit dem Rotwein aus Calce an, betranken sich und schliefen miteinander. Ohne ein Wort darüber zu verlieren, verwendeten sie keine Kondome.
Fatma de Jong nahm an einer Konferenz in Bonn teil, die das Aussterben der Printmedien zum Thema hatte. Ein Mann beschwerte sich darüber, dass die Realität so aufregend war wie schon lange nicht mehr, es aber niemanden interessierte. Darüber musste sie lachen. Auch andere Teilnehmer und Teilnehmerinnen der Konferenz fanden das lustig. Selbst der empörte Mann brach irgendwann in Gelächter aus. Warum – da muss man vielleicht dabei gewesen sein.
Luisa Hartmann saß in der Justizvollzugsanstalt und pfiff ein Lied. Das Fenster zum Hof stand offen. Zunächst hörten die anderen Insassinnen nur zu, dann begannen sie, mitzusummen. Drei steigende Noten, die von einem zickzackförmigen Trällern abgelöst wurden. Es dauerte nicht lange,

da sang das ganze Gefängnis ihre Melodie. Auch wenn die Wärter versuchten, es zu unterbinden. In alle vier Himmelsrichtungen hörte man ihren Lockruf.

Melanie und Justus standen mit Spaghettieis in Plastikbechern vor der Filiale einer Volksbank und schauten dabei zu, wie ein Abrissbagger Löcher in die Fassade schlug. Melanie erklärte ihrem Sohn, wie Hydraulik funktionierte. Er nickte ernst.

Gerd Lampe war in den Strafdienst versetzt worden. Am Küchengarten waren die Ampeln ausgefallen. Also winkte er Autos von der Spinnerei- in die Blumenauer- oder Fössestraße. Außerdem musste er sicherstellen, dass Radfahrende nicht mit der Straßenbahn Nummer 10 zusammenkrachten. Über seiner Uniform trug er einen großen Plastikoverall und schwitzte. Ein Zitronenfalter setzte sich auf die Spitze seines Zebrastabs. Fasziniert betrachtete er den feinen Staub auf seinen Flügeln. Ein Zusammenknall war zu hören. Shirin Teile war mit ihrem E-Scooter in Patricia Pérez' Rennrad gekracht. Er eilte zu ihnen. Es wurde gehupt. Aber außer einer Schürfwunde an Shirins Ellenbogen war nichts passiert. Als Patricia Pérez ihren Helm abnahm und ihre langen schwarzen Haare seidig glänzten, stellte er sich vor, wie es wäre, mit ihr eine Serie zu gucken. Sie lächelte. Auch er lächelte. Dann schlug Patricia vor, gemeinsam einen Kaffee trinken zu gehen, natürlich auf ihre Kosten, doch bevor Gerd antworten konnte, sagte Shirin, dass sie das schön fände, und so schlenderten sie gemeinsam gen Limmerstraße.

Rita schaute aufs Wasser. Eine Brise wehte über den Ihmepark. Sie sah die Planstadt, die leeren Wohnungen, die vollen Wohnungen. Sie sah die Graffiti, eine Parkbank, leicht vergilbten Rasen und ein Schlauchboot voll mit Halbstarken. Sie sah Kinderwagen. Sie sah alte Menschen. Sie sah den wolkenlosen Himmel, der in ihr ein wohltuendes Gefühl von Ordnung weckte, und ein Zitronenfalter setzte sich auf ihre Hand. Ohne weiter darüber nachzudenken, steckte sie ihn sich in den Mund.